초청리 편지

초정리 편지

배유안 장편동화 ㅣ 홍선주 그림

차례

1. 토끼 눈 할아버지

장운은 짚신을 꿰어 신고 마당으로 내려섰다. 상쾌한 아침 바람이 얼굴을 스쳤다. 마당가에 서니 마을이 내려다보였다. 아래쪽에 양반들이 사는 기와집이 몇 채 있고, 그 뒤로 스무 채 남짓한 초가들이 작은 개울을 끼고 옹기종기 앉아 있다. 마을은 아침 햇살을 받으며 군데군데 연기를 피워 올리고 있었다.

장운은 이 시간이 가장 좋았다. 조금씩 깨어나고 있는 마을을 보노라면 오늘은 어제보다 나을 것 같은 기분이 들었다. 오늘은 평소보다 일찍 눈을 떠서 마당을 쓸어 놓고 보리죽으로 간단히 요기까지 마쳤다.

"누이야, 나무하러 갔다 올게."

장운은 헛간으로 들어가 호리병 두 개를 망태기에 챙겨 넣었다. 벽에 기대어 놓은 지게를 일으켜 그 위에 망태기를 얹고는 어깨에 둘러메고 밖으로 나섰다.

좁다란 마루를 걸레로 훔치던 누이 덕이가 사립문까지 따라 나왔다.

"조심해서 다녀와. 오늘은 나도 밭일하러 나간다."

"누구네 밭?"

"방앗집 들깨 밭. 아궁이 안에 죽 그릇 얹어 놓고 갈 테니까 나중에 아버지 점심 챙겨 드려."

"알았어."

아버지는 기척이 없었다. 장운이 살며시 방문을 열어 보았다. 아버지는 보리죽을 몇 술 뜨다 말고 도로 누워 그대로 잠이 든 것 같았다.

장운네 집은 마을에서 외톨이처럼 뚝 떨어져 산으로 올라가는 입새에 있다. 그래서 몇 발짝만 올라가면 이내 산속이 된다.

장운은 산 쪽으로 난 길을 올랐다. 군데군데 연보랏빛이 살짝 도는 쑥부쟁이가 제법 선선해진 바람에 흔들리고 있었다. 장운은 지겟작대기로 길가 풀들을 툭툭 쳐 가며 걸었다.

떡 해 먹자 부엉,

양식 없다 부엉,

꿔다 하지 부엉,

언제 갚을래 부엉.

노래를 부르다 보니 정말 떡이 먹고 싶었다. 장운은 떡 대신 까맣게 익은 머루를 찾아 따 먹으며 산길을 올랐다.

어머니 무덤가에 다다랐다. 장운은 이제 이곳에 와서도 울지 않을 수 있었다.

장운의 어머니는 몸이 퉁퉁 붓는 병에 걸려 지난겨울에 죽었다. 아버지가 삼 년이나 약을 달여 구완을 했는데도 끝내 소용이 없었다.

어머니가 죽고 나서, 석수 일을 하던 아버지는 두 달 넘게 넋이 나간 사람처럼 헤매다 어둑해져서야 집에 돌아오곤 했다. 그러다 다시 일하러 나간 지 얼마 안 되어 왼쪽 손목이 바스러졌다. 꽤 솜씨 있다고 알려진 아버지인데, 딴생각 하느라 망치질을 잘못한 것이었다.

아버지는 점점 기력을 잃고 병색이 짙어 갔다. 그래서 요즘에는 장운이 나뭇짐을 하고 열다섯 살 된 덕이가 품팔이를 해서 끼니를 해결해 왔다.

장운은 어머니 무덤을 가만히 바라보다 어금니를 지그시

깨물며 일어섰다. 작대기 든 손을 하늘로 힘껏 내지르고는 다시 걷기 시작했다.

땀이 송골송골 맺힐 때쯤, 우거진 나무 사이로 작은 약수터가 보였다. 푸릇푸릇 이끼가 낀 돌에서 물방울이 똑똑 떨어졌다.

장운은 지게를 한쪽에 세웠다. 호리병 하나를 물에 갖다 대고 돌로 잘 받쳤다. 물이 다 차려면 한참 걸릴 것이다.

약수터는 수풀 사이 폭 꺼진 곳에 있어 사람들 눈에 잘 띄지 않는다. 언젠가 장운이 토끼를 쫓다가 발견한 곳이다. 장운은 바닥에 깔린 나뭇잎 위에 벌렁 드러누웠다. 켜켜로 쌓인 나뭇잎이 푹신하게 가라앉으며 몸을 반쯤 싸안았다. 흙냄새, 마른 나뭇잎 냄새가 솔솔 올라왔다. 나뭇잎 사이로 보이는 하늘이 새파랗다. 햇살 한줄기가 나뭇잎에 부서져 하얗게 쏟아졌다.

'타다닷!'

갑작스런 소리에 장운이 벌떡 일어났다. 몽똑한 토끼 꼬리가 획 지나갔다. 장운은 돌멩이 하나를 집어 들고 얼른 뒤쫓았다. 토끼는 작은 바위 위에서 고개를 둘레둘레 돌리다가 장운을 보고는 몸을 홱 돌려 뛰었다.

'저놈을 잡으면 쌀하고 바꿀 수 있을 거야.'

장운은 토끼보다 위쪽으로 길을 잡고 뛰어 올라갔다. 토끼는 앞발이 짧아서 위에서 아래로 쫓아야 잡을 수 있다. 산등성이 저쪽으로 넘어가는 토끼가 얼핏 보였다. 장운은 토끼를 놓칠세라 잽싸게 뛰었다.

"어디 갔지?"

장운이 두리번거리는데 저쪽 바위 끝에서 토끼가 말똥말똥 보고 있었다. 장운은 안 보는 척하며 토끼 쪽으로 슬금슬금 걸었다. 토끼가 다시 내리달았다. 장운은 토끼가 앞으로 고꾸라지기를 바라며 "워이 워이" 겁을 주면서 뒤쫓았다. 얕은 오르막이 나왔다. 장운은 헐떡이면서 토끼를 따라 뛰었다. 깡충깡충 뛰어오르던 토끼가 옆으로 빠지는가 싶더니 순식간에 사라져 버렸다. 장운은 맥이 탁 풀렸다.

"에이, 쌀밥 다 날아갔네."

장운이 아쉬워하며 돌아보니 산등성이에서 꽤 내려와 있었다. 장운이 사는 마을과는 반대쪽 기슭이었다. 돌아서는데 기와지붕 끝이 얼핏 보였다.

"뭐지?"

장운은 고개를 갸웃하며 그쪽으로 올라가 보았다. 산길을 다 오르자 자그마한 정자 하나가 날아갈 듯이 서 있었다. 앞이 훤히 트여 있고 멀리 군데군데 마을이 내려다보였다.

정자 가까이에는 어깨가 떡 벌어진 장정 여럿이 어정거리고 있었고, 말끔하게 차려입은 나이 든 선비가 정자 아래에 서 있었다. 정자 위에는 갓 쓴 양반 하나가 단정한 자세로 앉아 먼 곳을 바라보고 있었다.

'사람은 많은데 왜 이리 조용하지? 좀 무섭다.'

장운은 살그머니 뒷걸음질쳤다. 발에 뭐가 걸렸다.

"어이쿠!"

장운이 엉덩방아를 찧으며 주르르 미끄러졌다. 땅을 짚은 손이 얼얼했다.

"게 누구냐?"

장정 몇이 뛰어왔다. 떡 버티고 서서 내려다보는 장정들을 보자 장운은 겁에 질렸다. 아버지 말이 떠올랐다.

'산 너머 저쪽 마을로는 동헌도 있고 양반들이 많이 사니까 함부로 가지 마라. 괜히 얼쩡거리다가 매 맞기 십상이다.'

"너는 누구냐? 뭐 하러 여기까지 온 거냐?"

"저어, 토끼 잡으러 왔다가……."

"여기는 네가 올 곳이 아니다. 어서 가거라."

"예. 가, 갑니다."

장운은 엉거주춤 일어났다. 손바닥이 긁혔는지 따끔거렸다.

"그 아이를 이리 데려오너라."

굵고 낮은 목소리가 들렸다. 장운은 간이 덜컥 내려앉는 것 같았다. 바짝 얼어붙은 채 소리 나는 쪽을 돌아보았다. 정자 위에 있는 양반 어른이 장운을 내려다보고 있었다.

"천한 아이인 것 같은데, 어찌……."

정자 아래 있는 선비가 난처한 표정으로 말했다.

"허허, 내가 적적하던 참이다. 어서 데려오너라."

"예."

선비가 허리를 굽혀 대답하자, 장정 하나가 장운에게 손짓을 하고는 앞장섰다.

"따라오너라."

장운은 얼떨떨한 채 따라갔다. 장정은 장운을 선비에게 데려다 주고 물러났다.

"올려 보내라."

선비가 장운을 돌아보며 난처한 듯 약간 찡그렸다. 정자 위의 양반은 목소리가 낮고 말이 느린 게 꼭 딴 세상 사람 같아서 장운은 정신이 아뜩했다.

"올려 보내래도."

위엄 있는 목소리가 한 번 더 울렸다.

"예."

선비가 두 손으로 장운의 몸을 쑥 훑어 내렸다.

'뭐 하는 거야? 간지럽게…….'

장운은 선비의 손이 허리에 닿자 움찔하며 키득거렸다. 선비가 눈을 부릅떴다. 장운은 얼른 입술을 입 안으로 말아 넣어 웃음을 참았다.

선비가 장운을 데리고 정자 위로 올라가서 꿇어 엎드리게 했다. 그러고는 멀찍이 가서 섰다.

"너는 누군고?"

장운은 낮은 목소리에 놀라 몸을 움츠렸다. 입술이 떨렸다.

"들, 들말에 사는 장, 장운이라 합니다."

"들말? 거기가 어딘고?"

"저, 저기, 이 산 뒤쪽에 있습니다."

장운은 자기도 모르게 몸을 반쯤 일으켜 팔을 휘두르며 마을 쪽 산을 가리켰다. 정자 귀퉁이에 서 있던 선비가 눈을 부라렸다. 장운은 움찔하여 얼른 몸을 웅크렸다.

"그래, 몇 살인고?"

"여, 열두 살입니다."

가까이서 대하니 양반 어른이 생각보다 무섭지 않아 장운은 마음이 조금 놓였다.

"혼자 산을 넘어온 것이냐?"

"예, 약수를 받다가 토끼를 보고 쫓아왔습니다. 그, 그거 잡으면 쌀 한 되하고 바꿀 수 있거든요."

"쌀 한 되? 그래, 잡았느냐?"

"못 잡았습니다."

"거참, 안됐구나."

"예, 아비하고 누이한테 싸, 쌀밥 좀 해 주려고 했는데……."

장운은 고개만 슬쩍 들어 보았다. 그러다 양반 어른과 눈이 마주쳐 다시 고개를 푹 숙였다. 아무 소리도 들리지 않아 다시 슬그머니 고개를 들었다. 양반 어른은 눈이 빨갛고 눈꺼풀이 조금 부어 있었다.

"그런데 할아버지, 아니 저, 어르신, 아, 저기……."

장운이 더듬거리자 양반 어른이 크게 웃었다.

"허허, 할아버지, 그거 듣기 좋구나. 할아버지라고 하여라."

"예에, 하, 할아버지."

장운이 머리를 긁적이며 웃자 양반 어른도 빙긋이 웃었다. 장운은 한결 마음이 편해졌다.

"그런데 할아버지는 왜 눈이 빨가십니까? 꼭 토, 토끼 눈 같습니다."

장운은 버릇없이 말한 것 같아 얼른 손으로 입을 가렸다.

"허허, 토끼 눈? 그래, 내가 눈병이 났구나. 이 근처 약수가 좋다 하여 쉬러 왔느니라."

"아, 저쪽 산 너머 마을에 효험 좋은 물이 있다던데, 거기 물

말씀이십니까? 맛이 싸아하고 톡 쏜다는…….”

할아버지가 고개를 끄덕이며 빙긋이 웃었다.

“예에. 그럼 할아버지는 청주에서 오셨습니까? 거기에 지체 높으신 양반님들이 많다고 그러던데…….”

“아아니, 더 멀리.”

“더 먼 데서요? 하, 한양요?”

할아버지는 대답 없이 빙긋이 웃었다.

“한양이구나……. 저도 크면 한양에 한번 가 보고 싶습니다. 거기는 사람도 엄청 많고 물건도 없는 게 없다지요?”

“허허, 크거든 한양만 아니라 온 나라를 다녀 보아라. 그런데 네가 받는다는 약수는 물이 어떻고?”

“예, 헤헤. 저만 아는 약수터가 있는데, 거기 물도 감칠맛이 나고 효험이 있다고 합니다. 그래서 윤 초시 어른이 값을 잘 쳐줍니다. 나무 한 단하고 약수 한 병 가져가면 보리쌀 한 되를 줍니다.”

“윤 초시는 누군고?”

“예, 제가 나무해다 주는 양반 댁 어른입니다.”

“허허, 그러냐? 그럼 나한테도 약수 한 병 떠다 주련? 쌀 한 되 주마.”

“예? 약수 한 병에 쌀 한 되요? 정말이십니까?”

“그래. 보아하니 어린 네가 양식을 구해다 먹는 모양이구나.”

“예, 아비가 많이 아픕니다. 손도 못 쓰고…….”

장운은 더 말하려다 너무 버릇없이 구는 것 같아 입을 다물었다. 정자 아래에 있는 선비를 돌아보았다. 선비는 장운을 보고 있다가 슬그머니 고개를 돌렸다.

“어미는?”

“지난겨울에 죽었습니다. 그래서 아비가 마음 병까지 얻어서…….”

“저런, 네가 고생이구나.”

할아버지가 고개를 끄덕였다.

장운이 목소리를 낮추어 물었다.

“저, 할아버지, 내일도 오십니까? 약수 떠 오면 정말 쌀 주시는 거지요?”

“오냐, 약수만 틀림없이 떠 오너라.”

할아버지도 목소리를 낮추었다. 웃는 할아버지의 눈초리에 주름이 굵게 잡혔다. 그 모습을 보자 장운은 할아버지가 무섭기는커녕 친근하게 느껴졌다.

약수터로 돌아오는 길은 가파른 산길인데도 장운은 하나도 힘들지 않았다. 호리병에 물이 가득 차서 흘러내리고 있었다. 장운은 다른 호리병 하나에 물을 더 채워 챙겨 들고 지게를 둔 곳으로 갔다. 해가 벌써 하늘 한가운데 있었다.

"아이쿠, 아버지 시장하시겠다."

장운은 얼른 잔가지를 꺾고 마른 잎을 긁어모았다. 솔가지를 듬성듬성 깔고 그 위에다 나뭇단을 만들었다. 다 하고 나니 이마와 등에 땀이 송송 났다.

장운은 단단하게 묶은 나뭇단을 툭툭 쳐 보고는 지게 위에 올려 새끼줄로 친친 감아 맸다. 호리병을 망태기에 넣어 나뭇단 속에 잘 박아 넣고 지게를 둘러맸다.

'토끼는 놓쳤지만 내일은 쌀이 생길 거니까 재수가 좋구나.'

장운은 나는 듯이 산을 내려왔다. 나뭇단이 솜처럼 가벼웠다. 입에서 절로 노래가 나왔다.

앞산아 뒷산아,
내 밥그릇 너 가져가고
네 밥그릇 내 가져오고
밥그릇 국그릇 바꾸—자.

집에 오니 아버지가 방문을 열어 놓은 채 벽에 기대어 앉아 있었다. 아버지 얼굴이 검고 까칠했다. 장운은 지게를 내리면서 큰 소리로 떠들었다.

"아버지! 어쩌면 내일은 쌀밥 먹을 수 있을 거예요."

장운은 아버지를 부축하여 뒷간으로 가면서 쉴 새 없이 토끼 눈 할아버지에 대해 이야기했다.

"아마도 높은 양반인가 본데, 자칫하면 경을 칠지 모르니 말조심해라."

아버지는 기력이 없어선지 심드렁하게 대꾸하고는 방에 들어가 풀썩 넘어지듯 누워 버렸다.

덕이가 차려 놓은 밥상 위에 죽이 그대로 있었다. 장운은 아궁이에서 덕이가 넣어 둔 죽 그릇을 꺼냈다. 죽이 아직 따뜻했다. 식은 죽을 상에서 내리고 따뜻한 죽을 새로 올렸다. 산에서 따 온 머루를 사발에 담아 약수가 든 호리병 하나와 함께 상에 올렸다.

"아버지, 따뜻한 죽이에요. 머루도 따 왔는데 맛보셔요."

"벌써 머루가 익었구나."

장운은 아버지를 부축하여 밥상 앞에 편안하게 앉혔다.

"맛나다."

아버지가 죽 그릇을 비우는 것을 보고 장운도 보리밥 한 덩이를 된장과 같이 먹었다.

"아버지, 윤 초시 댁에 다녀오겠습니다."

장운은 나뭇짐 지게를 다시 둘러메었다.

논밭 한 뙈기 없는 장운네는 아버지가 자리에 눕고부터 끼니를 때울 때보다 굶을 때가 더 많았다. 늘 배가 고프던 장운은 나무를 한 짐씩 해다가 살림이 궁색하지 않은 집에 가서 부려 주었다. 그러면 옥수수 몇 개나 보리쌀 한 줌이라도 얻을 수 있었다. 그나마도 자주 가면 곤란한 기색을 보여 가끔씩만 갔다. 집집마다 나무해 올 어른이나 아이가 하나쯤은 있기 때문이다.

그러다 윤 초시 댁에서 부엌일을 하는 봉구댁이 말을 넣어서 장운은 이틀에 한 번씩 나무를 해 갔다. 윤 초시 댁은 양반 집이라도 살림이 넉넉지 않았다. 그래도 장운에게는 나무 한 단과 약수 한 병에 보리쌀 한 되씩을 주었다. 아씨 마님은 장운과 마주치면 따뜻하게 말을 건네곤 했다. 덕분에 이제 더는 눈치 나무를 하지 않아도 되었다.

부엌에 나뭇짐을 부리고 나오니 봉구댁이 베주머니에 보리쌀을 부어 주었다.

"시장하지?"

봉구댁이 찐 옥수수를 건넸다. 장운은 침을 한번 꼴깍 삼키고는 옥수수를 빈 지게 위에 얹었다.

"덕이 갖다 주려고?"

봉구댁이 옥수수 두 개를 더 주었다. 장운은 머리를 긁적였다. 봉구댁이 장운의 머리를 쓰다듬다가 등을 토닥여 주었다.

"네가 불쑥 어른이 되었구나."

장운은 발개진 얼굴로 부엌 바닥에 선 채 옥수수를 먹었다.

빈 지게를 지고 털레털레 걷는데 멀리 깨 밭에서 누가 손을 흔들었다.

"어이, 장운아!"

오복이었다.

"성!"

장운은 오복이 일하는 곳으로 뛰어갔다. 덕이와 소꿉동무인 오복은 몇 해 사이에 아버지 어머니가 잇따라 죽는 바람에 방앗집 머슴 노릇을 하고 있었다.

"아버지는 좀 어떠시니?"

"여전하셔."

"걱정이다. 곧 좋아지시겠지. 덕이는 저 위 들깨 밭에서 일하고 있다."

"응."

"얼른 가 봐. 아버지가 찾으실라. 나중에 놀러 갈게."

"그래, 성, 갈게."

2. 글자 놀이

토끼 눈 할아버지는 어제처럼 정자에 단정히 앉아 들판을
바라보고 있었다. 장운은 선비를 따라 조심조심 정자 위로 올
라갔다. 할아버지가 인자하게 웃으며 앉으라는 눈짓을 했다.

"약수 떠 왔습니다."

장운이 꿇어앉아서 두 손으로 물병을 내밀었다. 할아버지
는 정말로 작은 자루를 옆에 놓고 기다리고 있었다. 장운은 저
게 쌀인가 싶어 자꾸 곁눈질을 했다.

선비가 가까이 오더니 물병을 받아 옆에 놓고는 자루를 장
운에게 건넸다. 묵직했다. 한 되도 더 되는 것 같았다. 장운은
자루를 살짝 풀어 보았다. 진짜로 쌀이었다.

"할아버지, 고맙습니다. 정말 고맙습니다."

장운은 머리가 바닥에 닿도록 절을 했다.

"어디, 네 물 한번 마셔 보자꾸나."

선비가 대접에 물을 따르더니 숟가락으로 휘저었다. 그러고 한 술 떠서 마시고는 눈을 감고 가만히 있었다. 장운은 무슨 일인지 영문을 몰랐지만 그 모습이 하도 진지해서 바짝 얼어붙은 채 보고만 있었다. 선비는 한참이 지나서야 할아버지에게 물 대접을 건네주었다. 할아버지가 천천히 물을 마셨다.

'양반들은 물도 저어서 마시는구나. 그것도 제가 먼저 마시고 어른한테 주고……. 참 이상도 하다.'

"시원하고 달차근한 게 아주 좋구나."

"그렇지요?"

장운은 다행이다 싶었다. 쌀을 한 되씩이나 받은 물인데 맛이 없다면 큰일일 터였다. 할아버지는 물 대접을 내려놓고 다시 들판을 내려다보았다.

"할아버지도 들판을 좋아하십니까?"

"너도 좋아하느냐?"

"예, 들판을 보면 근심이 있다가도 편안해집니다."

"들판을 보면 편안해진다? 허허, 그렇구나. 네가 내 마음을 잘 아는구나."

"할아버지도 그러십니까? 할아버지도 근심이 있으십니까?"

"근심이라……. 산처럼 물처럼 많으니라. 그래서 가끔 여기 와서 앉았다 가느니. 너도 근심이 많으냐?"

"예, 많습니다. 죽은 어미 생각이 나서 슬픈 거, 아비가 아픈 거, 또 늘 배가 고픈 거……."

"그러냐? 음, 너는 부지런하고 부모를 걱정하니 하늘이 복을 내릴 것이다."

"헤헤, 벌써 복을 받았습니다."

"무슨 복?"

"할아버지가 쌀을 주시지 않았습니까? 저희 식구는 지난 한 해 동안 한 번도 쌀밥을 먹지 못했습니다."

"허허, 그래. 어린 네가 부지런하니 하늘이 나한테 심부름을 보냈나 보구나."

할아버지는 소리를 내어 아주 즐겁게 웃었다.

"그런데 할아버지는 무엇이 근심이십니까?"

할아버지는 대답 없이 빙긋이 웃더니 들판을 내려다보았다. 그러다 가만히 한숨을 내쉬었다. 한참이나 그대로 있더니 문득 장운을 돌아보았다.

"너, 글을 아느냐?"

"글을요? 모릅니다."

"배워 보련?"

"예? 글을 배워요?"

할아버지가 고개를 돌려 선비에게 일렀다.

"종이와 붓을 가져오너라."

선비가 조용히 대답하고 내려가더니 종이와 붓을 가져다 할아버지 옆에 놓고는 먹을 갈기 시작했다.

할아버지가 붓을 들었다.

ㄱ ㅋ ㆁ ㄷ ㅌ ㄴ ㅂ ㅍ ㅁ ㅈ ㅊ ㅅ
ㆆ ㅎ ㅇ ㄹ ㅿ
ㆍ ㅡ ㅣ ㅗ ㅏ ㅜ ㅓ ㅛ ㅑ ㅠ ㅕ

장운은 눈이 휘둥그레졌다.

"이게 글이란 것입니까?"

"글자니라. 자, 보아라. 이것은 '기', 이것은 '키'이니라."

할아버지는 'ㄱ, ㅋ'이라 적힌 곳을 손가락으로 짚었다.

"이 글자와 요 앞의 점 같은 글자를 같이 쓰면 'ㄱ, ㅋ'*라고 읽느니라."

* 'ㆍ'는 세종 대왕 때부터 조선 말기까지 쓰이다가 없어진 글자로, ㅏ와 ㅡ의 중간 소리입니다.

"이상합니다. 윤 초시 댁 대문에 써 있는 글자랑 다릅니다."

"허허, 立春大吉(입춘대길) 같은 글자 말이냐? 다르지 그럼, 다르고말고."

할아버지는 껄껄 웃었다.

"자, 또 보아라. 'ㄱ, ㅋ'을 이 'ㅡ'라는 글자하고 같이 쓰면 '그, 크'가 되느니라."

"그, 크."

"여기 이 낱자들의 소리만 다 익히면 낱자끼리 서로 합해서 말하고 싶은 것을 다 글로 쓸 수 있느니라."

"신기합니다. 글자라는 게 어려운 게 아니네요."

할아버지는 장운의 말에 활짝 웃었다.

"참말로 어렵지 않으냐? 배우련?"

"예, 할아버지. 가르쳐 주십시오."

할아버지는 'ㄷ'과 'ㅌ'을 차례로 짚었다.

"이것은 '디'이고 이것은 '티'이니라. 아래에 이렇게 쓰면 '도, 토'가 되느니라."

"예에, 도, 토."

할아버지는 이것저것 짝을 지어 써 보이며 소리 내어 읽었다.

"이렇게 하면 '해', 이렇게 하면 '소'."

"'해, 소'. 와, 재미있습니다."

"허허허, 그러냐? 그럼 이걸 가져가서 내일 외워 오너라. 그러면 또 쌀 한 되 주마."

할아버지가 글자가 적힌 종이를 건넸다.

"정말이십니까? 예, 꼭 외워 오겠습니다."

장운은 종이를 받아 잘 말아서 저고리 안에 넣었다. 그러고는 쌀을 소중하게 안고 집으로 왔다. 어찌나 좋은지 발이 땅에 닿지도 않는 것 같았다.

"정말 이걸 주시더란 말이지? 세상에……. 아버지 이것 좀 보셔요."

덕이가 쌀자루를 가지고 아버지 앞으로 갔다.

"누군지 참 고마운 어른이로구나."

아버지는 벽에 기대앉은 채 손에 쌀을 담아 주르르 흘려 보았다. 그러더니 여윈 얼굴로 아이처럼 함빡 웃었다.

"그 할아버지 되게 잘생겼다. 웃으면 얼굴이 얼마나 인자한지 마치 하늘에서 온 사람 같아. 그리고 나하고 많이 친하다, 누이야."

장운은 신나게 떠들었다. 덕이는 장운이가 떠드는 소리를 들으며 쌀을 안치고 아궁이에 불을 지폈다. 장운은 덕이 옆에 앉아 할아버지가 써 준 종이를 폈다.

"이게 글자래."

"글자?"

"응, 할아버지가 가르쳐 주셨어. 잘 봐. 이렇게 쓰면 '가', 이렇게 쓰면 '고'야."

장운은 덕이에게 글자를 설명해 주면서 열심히 외웠다.

"이거 외워 가면 상으로 또 쌀을 주신다 했어."

"정말? 그분은 뭐 하는 분일까?"

"아주 부자인가 봐, 이렇게 쌀을 주는 걸 보면. 그런데 근심도 많다고 하셨어."

"부자이고 양반인데도 근심이 있을까?"

"그러게 말이야."

가마솥에서 밥 냄새가 구수하게 났다. 한 해에 한두 번도 먹지 못한 쌀밥이었다. 세 식구는 가지나물과 된장을 반찬으로 밥을 꿀처럼 달게 먹었다.

장운은 날마다 정자에 갔다. 할아버지와 함께 글자를 써 보고 읽어 보는 일이 여간 재미있지 않았다. 장운은 얼마 지나지 않아 웬만한 소리를 다 쓸 수 있게 되었다. 할아버지는 장운에게 글자를 만들어 읽히다가 차츰 물건 이름을 써서 읽어 주었다.

장운은 마당에서 덕이와 같이 막대기로 글자를 쓰고 지우고 하면서 글자 놀이를 하였다. 길을 걷다가도 땅에다 막대기로 '뫼'(산) '아침' '누이' 같은 말을 써 보곤 했다. 나무를 보면

'나무'라 쓰고 바위를 보면 '바위'라 써 보았다.

"할아버지, 무슨 말이든 다 쓸 수가 있습니다. 정말 신기합니다."

"허허, 그래. 말로 하는 건 뭐든 다 쓸 수 있지."

"제 아비는 값을 다 쳐주고 논을 샀는데도 글을 몰라 다음 해에 도로 빼앗긴 적이 있습니다. 논문서에 빌려 쓰는 걸로 씌어 있었다 합니다."

"그래, 글을 모르면 억울한 일도 당하게 되고 불편할 때가 많지. 암, 그렇고말고."

"그런데 다른 사람들도 이 글자를 압니까?"

"이제 곧 다 알게 될 것이다."

"예에?"

할아버지가 빙그레 웃었다.

"네가 다른 사람들에게 가르쳐 주려무나."

"제가요? 에이, 헤헤."

"왜, 네가 아는 것을 남에게 못 가르쳐 주겠느냐?"

장운이 웃으며 머리를 긁적였다. 할아버지도 고개를 끄덕이며 가만히 웃었다.

장운은 글 배우는 재미 못지않게 할아버지를 만나는 기쁨도 말할 수 없이 컸다. 할아버지가 안 오는 날은 서운하기 짝이 없었다. 그런 날은 정자 아래 흙바닥에 글을 써 놓고 기다렸다.

할아바님 장우니 기두리로소이다

(할아버지, 장운이 기다립니다.)

장운은 할아버지가 읽고 자기가 기다리다 간 걸 알도록 흙을 깊게 파서 썼다. 그러니까 마치 할아버지와 비밀 놀이를 하는 것 같았다.

오늘도 정자에 오르기 전에 전날 써 둔 글이 아직 있나 보았다. 있었다. 게다가 아래에 다른 글도 있었다.

어제는 듕호 이리 이셔셔 몯 오거다

(어제는 중요한 일이 있어서 못 왔느니라.)

장운은 좋아서 펄쩍 뛸 뻔했다. 정자 위로 다다닷 뛰어올랐다.

할아버지가 환하게 웃으며 장운을 반겼다.

"어제 왔다 갔더구나. 저어기."

할아버지가 흙바닥 쪽을 턱으로 가리켰다.

"할아버지가 쓰신 것도 보았습니다. 헤헤헤."

할아버지는 늘 쌀을 가지고 왔다. 어느 날은 붓과 종이, 먹, 벼루를 주었다.

"헤에? 이걸 저한테 주시는 겁니까?"

"그래, 네 것이다."

"와아, 고맙습니다."

장운은 벌떡 일어나 절을 했다.

"그리도 좋으냐?"

"예, 할아버지."

"그 종이에 글을 써 오너라."

"글을요? 헤헷, 알겠습니다."

장운은 붓과 벼루를 가슴에 싸안고서 입을 다물지 못했다.

"떨어뜨리겠다. 보자기에 싸려무나."

장운은 덕이와 함께 벼루에 물을 부어 가며 먹을 갈았다. 선비가 하던 것처럼 천천히 갈자 물이 자꾸 검어졌다. 난생처음 붓에다 먹물을 묻혔다. 장운은 할아버지가 쓴 것을 보며 조심조심 종이에 글을 썼다.

할아버지는 장운이 써 간 글을 읽고 어깨까지 흔들며 즐거워했다.

누윗얼구른 보름돌쳐로 곱습노이다 난 누의 셰사이셔 ·ㄱ장 뽛습노이다

(누이 얼굴은 보름달처럼 곱습니다. 나는 누이가 세상에서 가장 좋습니다.)

"허허허, 네 누이가 그리도 고우냐?"

"예, 참말로 곱습니다. 이제 누이도 글을 쓸 수 있습니다. 제가 가르쳐 주었습니다."

"그러냐? 누이도 쉽게 익히더냐?"

"예, 저하고 마당에서 글자 놀이도 합니다. 그런데 누이는 할아버지가 부자이고 양반인데도 근심이 있는 게 이상하다고 했습니다."

"허허, 너와 네 누이가 내 근심을 많이 덜어 주었느니라."

"예? 그게 무슨 말씀이십니까?"

할아버지는 말없이 빙그레 웃었다. 천천히 웃음을 거두며 멀리 들판을 바라보았다. 장운은 고개를 갸웃했다. 옆에서 보는 할아버지 얼굴이 점점 깊은 생각에 잠기는 듯했다. 할아버지 입에서 또 가느다란 한숨이 새어 나왔다.

'왜 저렇게 자주 한숨을 쉬실까.'

장운은 할아버지가 어쩐지 슬퍼 보였다.

3. 누이야, 누이야

　장운이 지게를 넣어 두러 헛간으로 들어가려는데 키가 작달막한 약재 영감이 뒷짐을 지고 마당으로 들어섰다. 장운네는 어머니 병구완하느라 어렵게 장만한 논 한 뙈기를 팔아 없앴고, 그것도 모자라 약잿집에 빚을 잔뜩 졌다. 그래서 가끔 약재 영감이 와서는 일 안 나가는 아버지를 마뜩잖게 보고 가곤 했다.

　'또 아버지가 일하러 가나 못 가나 보러 왔겠지.'

　약재 영감은 가는 눈을 더 가늘게 뜨고 엉성하게 난 수염을 쓸어내리며 헛기침을 했다. 장운은 못마땅한 내색은 못 하고 꾸벅 절을 했다. 영감은 절을 받는 둥 마는 둥 하며 물었다.

"네 아비 안에 있느냐?"

영감은 대답도 듣지 않고 방문을 열고 들어갔다. 장운은 뒤에서 입을 한번 삐쭉하고는 헛간 쪽으로 몸을 돌렸다.

약재 영감은 의원은 아니지만 예전에 의원집에서 약초 갈무리하는 일을 거들면서 맥 짚는 거며 약재 다루는 걸 배웠다고 했다. 약이 꽤 잘 든다고 소문이 난 모양인지 사람들이 곧잘 찾아가서 약재를 지어 가곤 했다.

장운의 어머니도 내내 영감한테서 받은 약재를 달여 마셨다. 그 약이 효험이 있었는지 없었는지 모르지만, 아버지는 늘 굽실거리며 약재를 받아 와서 어머니 병구완을 했다. 그러나 어머니가 돌아가신 데다 약재 영감이 약값 때문에 늘 아버지를 못마땅해하여 장운은 영감에 대한 심기가 별로 좋지 않았다.

장운은 헛간에서 나오다 우뚝 멈춰 섰다. 덕이가 방문 앞에 얼이 빠진 듯 서 있고, 아버지가 애걸하는 소리가 흘러나왔다.

"약재 어른, 그건 안 됩니다."

"어허 참, 내가 자네 안사람 처지 생각해서 외상으로 내어 준 약재가 오죽 많은가?"

"예, 늘 고맙게 생각하고 있습니다. 하지만 덕이는……."

"이제 안 되겠네. 덕이도 그게 좋을 걸세. 자네가 그렇게 부실해서야 약값은 고사하고 어디 애들 밥이나 먹이겠는가?"

"약재 어른, 제 어미 잃은 지 얼마 되지도 않은 불쌍한 것입니다."

"그 집에 가면 굶을 일 없을 테니 자네가 데리고 있는 것보다 나을 거네. 입도 덜고 내 빚도 갚고 좋지 않은가? 게다가 나중에 때가 되면 거기서 짝도 맞춰 줄 걸세."

방문이 벌컥 열리더니 약재 영감의 오른발이 쑥 나왔다. 아버지가 다급하게 몸을 일으켜 아직 방 안에 있는 영감의 왼쪽 다리를 붙잡고 늘어졌다.

"약재 어른! 아직 어린것에게 어찌 종살이를 시킵니까?"

"열다섯이면 어리지도 않네. 그리고 원래 종 아니었던가? 새삼스레 종살이 못 시킬 건 뭔가?"

원래 종이란 말에 아버지가 영감 다리를 붙잡은 채 문지방에 푹 엎어졌다. 장운은 울컥하는 마음에 주먹을 움켜쥐고 한 발짝 앞으로 다가섰다. 덕이가 얼른 장운의 팔을 꽉 붙잡았다. 장운은 영감을 노려보며 씩씩댔다.

원래 장운의 할아버지는 노비였다. 할아버지는 높은 양반 댁에서 주로 마루를 수리하거나 담을 고치고 쌓는 등 잡일을 하며 살았다. 그러던 어느 날 사랑채에 불이 났다. 할아버지는 불길 속으로 뛰어들어 미처 피하지 못한 작은서방님을 구하고 화상을 크게 입었다. 화상이 워낙 심해서 약도 안 듣고, 결국 며칠 만에 죽고 말았다. 그때 장운의 아버지는 열아홉 살이었는데, 어머니가 일찍 죽어서 아버지만 믿고 살던 처지였다.

주인어른은 장운의 할아버지에게 고맙고 미안하다며 아버지의 노비 문서를 없애고 양민으로 만들어 주었다. 그리고 약간의 돈을 주며 아버지와 친하게 지내던 여종 금금이와 함께 내보내 주었다. 아버지는 그렇게 양민이 되어 금금이와 혼인하고 덕이와 장운을 낳은 것이다.

장운의 아버지와 어머니는 어느 마을로 들어가 논밭을 조금 사서 살았다. 그러나 글을 모른 탓에 이듬해에 고스란히 그 땅을 빼앗기고 말았다.

"봐, 여기 한 해 동안 빌려 쓰기로 되어 있잖아. 농사 잘 지어 먹고는 이제 와서 왜 딴소리야, 딴소리가."

어머니가 울고불고 애걸했으나 소용이 없었다. 아버지와 어머니는 그렇게 사기를 당하고 여기저기 떠돌다가 이 마을에 들어와서야 자리를 잡았다. 아버지는 돌 깨는 곳에 다니며 일을 하고 어머니는 마을에서 밭일을 해 주면서 그럭저럭 지냈다.

그런데 아버지와 어머니가 노비였던 것이 조금씩 알려지면서 마을에서 은근히 무시를 당했다. 아버지는 어머니가 넉넉하게 한번 살아 보지도 못하고 고생만 하다 죽은 걸 몹시 애통

해했다. 그런데 이제 누이가 비록 노비는 아니더라도 남의집 살이를 하러 가야 한다니…….

"허 참, 자네 형편을 생각해서 좋은 데다 말을 넣은 건데 누가 보면 나를 몹쓸 사람으로 보겠구면."

약재 영감이 발을 획 뺐다. 그 바람에 아버지가 기운 없이 나둥그러졌다.

"아버지!"

덕이가 얼른 방으로 뛰어들어 아버지를 일으켰다. 장운은 끓어오르는 분을 참고 약재 영감 앞에 꿇어 엎드렸다.

"어르신, 어머니 약값은 제가 크면 꼭 갚겠습니다. 누이는……."

약재 영감은 "에헴." 하며 매정하게 고개를 돌렸다.

"어르신, 제발……."

장운은 약재 영감 발 앞에 머리를 박고 울먹였다.

"사흘 뒤에 사람이 올 것이니 준비해라. 빚 갚아 주고 양식도 좀 준다니까 네 아비와 동생을 위해서도 좋은 일이다."

덕이는 아무 말도 못 하고 고개를 푹 꺾었다. 약재 영감이 돌아가자 아버지는 방바닥을 치며 꺼이꺼이 울었다. 덕이는 눈물이 그렁그렁한 채 아버지를 붙잡고 있다가 부엌으로 뛰어 들어갔다. 장운은 헛간에 들어가 숨이 차도록 울었다.

한참 뒤에 눈이 뻘게져서 나온 덕이가 방으로 들어가더니 이불 홑청을 벗기기 시작했다. 장운에게 옷을 갈아입으라 하고 아버지에게도 새 옷을 내주었다. 장운도 아버지도 울음을 참으며 시키는 대로 했다.

덕이가 빨랫감을 들고 나갔다. 장운도 뒤따라 나섰다. 덕이는 냇가에 앉아 이불 홑청을 빨랫방망이로 타닥타닥 두드렸다. 장운은 한참 동안 보고만 있다가 방망이를 빼앗아 빨래를 두드리고 물에다 흔들어 헹구었다. 덕이도 말이 없고 장운도 말이 없었다. 찰방찰방 물소리만 났다.

장운과 덕이는 이불을 양쪽에서 잡아 비틀어 짰다. 장운이 빨래를 든 채로 물었다.

"누이야, 꼭 가야 돼?"

"빚 갚을 방법이 없잖아."

"가는 데가 어디야? 멀어?"

"몰라."

"가끔 올 수 있을까?"

"……."

덕이는 앉아서 방망이로 물을 철벅철벅 치다가 멈추었다.

"살다 보면 참말로 힘든 고비가 한 번은 있다고 했어. 그것만 잘 견디면 좋은 일이 있을 거라고 어머니가 그러셨다. 그

힘든 고비가 지금인가 봐. 장운아, 우리 잘 견디자."

장운이 덕이 옆에 쪼그리고 앉았다. 덕이가 장운의 어깨를 감싸 안았다.

"잘 견디자, 응?"

장운이 억지로 고개를 끄덕였다.

"장운아, 네가 아버지 잘 돌봐 드려야 한다."

"……"

"잘할 수 있지?"

장운이 고개를 한 번 더 끄덕이고는 물었다.

"그런데, 그 집에서 혹시 때리지는 않을까?"

"설마."

"때리면 꼭 도망 와. 알았지?"

"……"

"내가 크면 돈 벌어서 꼭 누이 데리러 갈 거다."

덕이 눈에 눈물이 핑 돌았다.

"누이야."

장운은 "읍" 하고 참았던 울음을 터뜨렸다. 덕이도 치마에 얼굴을 묻었다.

집에 오니 아버지가 마루에 나와 앉아 있었다.

"덕아."

"아버지, 몇 해만 일해 주면 되겠지요. 장운이가 잘할 거예요."

"덕아, 아비가 못나서……."

아버지는 덕이 손을 붙잡고는 말을 잇지 못했다.

덕이는 종일 일을 했다. 뜯어진 옷을 꿰매고 마루 밑도 치웠다. 어머니 무덤에 갔다 온 것 말고는 있는 일 없는 일 찾아서 사흘 내내 일만 했다. 장운은 나무하러 갈 수가 없었다. 종일 덕이 둘레를 맴돌면서 비질도 하고 바지랑대를 잡아 주기도 했다.

덕이는 장운에게 죽 끓이는 거며 나물 무치는 거며 이것저것 부엌일을 일러 주었다. 오복이 저녁마다 찾아와서는 말도 없이 마루에 앉아 있다가 갔다. 덕이도 말이 없었다.

사흘 뒤, 아주머니 하나와 사내 하나가 덕이를 데리러 왔다.

"너무 서운하게 여기지 마셔요. 험한 일 시킬 건 아니니까요. 나도 그 댁에서 일하는데, 안심해도 되는 좋은 댁입니다."

아주머니가 아버지에게 거듭 걱정 말라고 일렀다.

아버지는 방에서 "크윽 크윽" 소리만 내고 밖을 내다보지 않았다. 덕이는 마당에서 방 쪽으로 절을 하고는 아주머니를 따라나섰다.

장운은 초정(椒井) 삼거리까지 엉엉 울며 따라갔다. 오복도 약간 뒤처져서 따라왔다.

"그만 가. 아버지 혼자 계시잖아."

장운은 덕이를 부둥켜안고 울었다. 아주머니는 고개를 돌렸다. 사내가 장운을 억지로 떼어 내 꽉 붙들고는 아주머니에게 턱짓을 했다.

덕이가 아주머니 손에 이끌려 가며 장운을 돌아보았다.

"장운아, 너를 믿는다. 알았지, 응?"

"누이야, 누이야아!"

"오복아······."

"덕아, 걱정 마. 너나 몸 상하지 않도록 해."

오복이 짐짓 큰 소리로 말했다.

세 사람이 모롱이를 돌아 안 보일 때까지 장운은 그 자리에서 목 놓아 울었다. 덕이가 한 번 더 돌아보고는 사라졌다. 장운은 온몸에 힘이 빠져 그 자리에 푹 주저앉았다.

울음이 잦아들자 오복이 장운을 일으켜 세웠다.

"그만 가자."

오복이 눈도 벌겋게 부어 있었다. 장운이 일어나며 이를 악물었다.

"성, 내가 크면 돈 벌어서 우리 누이 꼭 데려올 거다."

"내가 더 빨리 커, 인마. 덕이는 내가 반드시 데려올 거다."

오복이 두 주먹을 쥐며 말했다.

"성아."

오복이 비어져 나오는 눈물을 쓱 닦았다. 장운이 터덜터덜 걷는데 오복이 어깨에 손을 얹었다.

장운이 집에 오니 아버지가 방구석에서 머리를 움켜잡고 웅크려 있었다. 부엌을 들여다보았다. 나뭇단 옆에 곡식 자루가 있었다. 덕이를 데려가면서 사내가 두고 간 것이다. 장운은 가슴이 아려서 고개를 돌렸다.

부뚜막에 보자기를 덮은 상이 있었다. 보자기를 벗겨 보니 밥과 된장, 나물무침 들이 차려져 있었다. 장운은 또다시 눈물이 나려 해서 입술을 지그시 깨물었다.

장운은 헛간에 틀어박혀 꼼짝도 하지 않았다. 아버지를 부축해서 뒷간에 갔다 온 것 말고는 밥도 안 먹고 헛간 가마니 위에 쪼그려 앉아 있었다.

"여기가 장운이 집이오?"

밖에서 낯선 목소리가 들려왔다. 벌써 저녁 어스름이 내려앉고 있었다.

"누구요?"

장운이 밖을 내다보니 덩치가 우람한 사내가 지게에 가마니를 진 채 기웃거리고 있었다.

“네가 장운이냐?”

“예, 그런데 누구…….”

사내는 지게를 작대기로 받쳐 세우고는 가마니를 내려 부엌에 들여놓았다.

“이게 무엇입니까?”

“글쎄, 쌀이겠지.”

“예? 무슨 쌀요?”

“장운이 집을 찾아서 갖다 주라던데?”

“누가요?”

“나야 모르지. 주인 영감이 시킨 대로 지고 왔을 뿐이다.”

사내는 빈 지게를 둘러메고는 휑하니 가 버렸다. 장운은 가마니 한 귀퉁이를 헐어 보았다. 정말 쌀이었다.

“어찌 된 일이지?”

갑자기 아버지 신음 소리가 들렸다. 장운은 방으로 뛰어들어 아버지를 흔들었다.

“아버지! 아버지!”

아버지가 가늘게 눈을 떴다. 기운이 하나도 없는 듯 뭐라 말하려다 말았다. 눈빛이 흐렸다. 도로 눈을 감았다.

‘이러다 돌아가시면 어쩌나.’

장운은 와락 무서운 생각이 들었다.

'아니야, 많이 우신 데다 제대로 못 드셔서 이럴 거야.'

장운은 얼른 쌀을 퍼서 죽을 끓였다. 죽 그릇을 들고 들어가자 아버지가 장운의 눈을 피하듯 벽 쪽으로 고개를 돌렸다. 숨소리가 가늘었다. 아버지는 몸이 한층 작아지고 얼굴에도 살이 빠져서 광대뼈가 불거져 나왔다.

장운은 아버지를 일으켜 붙잡고는 입에다 죽을 떠 넣었다. 아버지가 힘겨운 듯 겨우 받아먹었다. 아버지를 다시 눕히는데 목이 콱 메었다. 눈물이 나는 걸 꾹 참고 일어섰다.

마당에 내려서자 부엌문 안으로 쌀가마니가 보였다.

'저걸 도대체 누가 보냈지? 우리 집으로 보낸 건 맞나 본데……. 누이 데려간 사람이 보냈나? 곡식 한 자루 달랑 놓고 간 게 적다 싶어서?'

마을에 어둠이 깔리고 있었다. 오복이 와서 아버지 다리를 오랫동안 주무르고 갔다. 장운은 밤새 뒤척이며 잠을 못 이루었다.

장운은 아무 데도 안 가고 아버지 옆에 붙어 있었다. 이틀이 지나자 아버지가 조금씩 기운을 차렸다. 장운은 마음이 놓여 숨을 후, 내쉬었다.

4. 정자에 남긴 약속

이른 아침, 장운은 아직 어둑한 마을을 내려다보았다. 누이가 떠났건 말았건 새벽빛이 조용히 마을을 깨우고 있었다. 장운은 서둘러 아침을 차려 아버지와 함께 먹었다.

"아버지, 산에 갔다 오겠습니다."

아버지는 고개만 끄덕였다. 장운은 헛간으로 가서 지게를 들쳐 메고 나왔다. 윤 초시 댁에 나무해 준 지가 한참 지난 듯했다.

산등성이 큰 바위까지 올라갔다.

"누이야아—!"

장운은 손나발을 해서 덕이를 불렀다. 주먹으로 눈두덩을 쓱 닦았다.

정자에는 할아버지가 없었다. 정자 아래 흙바닥에 글이 씌어 있었다. 쓴 지 여러 날 되었는지 흙이 약간 쓸려 있었다.

엇디 아니 오는다 기두리다가 가노라

(왜 아니 오는고? 기다리다 가노라.)

장운은 정자 위로 올라갔다. 마루에 흙먼지가 부옇게 쌓여 있었다. 혹시나 하고 한참을 기다려 봤지만 할아버지는 오지 않았다. 장운은 마루에 손가락으로 글자를 썼다. 손가락이 지나간 자리에 글자가 나타났다.

누의야 쏙 두리러 가리라
할아바님 엇디 아니 오시니잇고

(누이야, 꼭 데리러 갈게.

할아버지, 왜 아니 오십니까?)

목에서 뭔가 차올랐다. 장운은 꺽꺽대며 울었다. 한참을 울고 나서야 한쪽 구석에 돌로 눌러놓은 종이가 있는 것을 보았다. 장운은 후다닥 일어나 돌을 들어냈다.

장우나 내 이제 몯 오리라

(장운아, 내가 이제 못 오겠구나.)

장운은 맥이 탁 풀려서 그대로 주저앉았다. 뒤를 마저 읽었다.

그 가내 네 써다 준 믈 이대 마시더니라 네 더게 아죠 즐겁과라 훗나래 쏙 다시곰 만나고라 그 쁴셕장 아비 이대 뫼시고 싁싁기 사라라 글ᄌᆞ도 닛디 말오 유익하긔 쓰라 ᄡᆞᆯ ᄒᆞᆫ 가매 오거든 내 하ᄂᆞᆯ심브림 ᄒᆞᆫ 줄 알오

(그동안 네가 떠다 준 물 잘 마셨다. 네 덕에 아주 즐거웠느니라. 훗날에 꼭 다시 만나자. 그때까지 아버지 잘 모시고 씩씩하게 살아라. 글자도 잊지 말고 유익하게 쓰려무나. 쌀 한 가마 오거든 내가 하늘 심부름 한 줄 알고.)

"그 쌀, 할아버지였군요."

장운은 편지를 가슴에 꼭 끌어안았다. 허전했다. 할아버지까지 가고 없다 생각하니 세상이 텅 빈 것 같았다.

산을 내려와 마을로 들어섰다. 며칠 동안 제대로 먹지도 않

고 울어서 그런지 나뭇짐이 무거웠다. 생각 없이 터덜터덜 밭
두둑을 걷다가 하마터면 개똥을 밟을 뻔했다.

"어어어!"

장운은 개똥을 피하느라 휘청하다가 겨우 균형을 잡고 섰다.

"휴, 다행이다."

개똥을 밟아 짚신에 묻으면 씻기가 몹시 힘들었다. 장운은
개똥을 노려보았다. 그러잖아도 무엇이든 두들겨 패고 싶던
터였다. 지겟작대기를 획 들었다. 두 손으로 힘껏 내려치려다
갑자기 멈추었다.

"그렇지, 저걸……."

장운은 옆의 흙을 살살 후벼 파서 개똥을 덮었다. 풀도 뜯어
서 위에 뿌렸다. 그러고는 밭둑에 있는 콩잎을 여러 장 뜯어서
개똥을 통째로 쌌다.

장운은 그걸 들고 약재 영감 집 쪽으로 발걸음을 돌렸다. 대
문을 기웃거려 보았다. 약재 영감과 손녀딸 난이, 두 식구뿐인
집은 아무도 없는 듯 조용했다. 장운은 살금살금 안으로 들어
갔다. 부엌 쪽에도 인기척이 없었다.

장운은 마루에다 개똥 무더기를 획 던졌다. 퍽 하는 소리에
가슴이 덜컥했다. 콩잎과 흙과 개똥이 마루에 흩어졌다. 장운
은 얼른 돌아 나왔다. 다행히 아무도 만나지 않고 큰길까지 나

왔다. 속이 좀 시원해지는 것 같았다.

장운이 윤 초시 댁에 나뭇짐을 부려 주고 집에 오니 아버지가 일어나 앉아 있었다. 장운은 몹시 배가 고팠다. 곡식 자루를 열어 밥을 넉넉하게 했다. 아궁이에서 훨훨 타는 불길을 보면서 장운은 가슴에서 어떤 오기가 치밀어 오르는 걸 느꼈다. 된장도 끓이고 감자도 볶아 밥상을 푸짐하게 차렸다.

"아버지, 걱정 마세요. 나중에 제가 꼭 누이 데려올게요."

"미안하다. 아비가 돼서 어떻게 할 수가 없구나."

"아무 생각 말고 잘 드셔요. 아버지가 건강하셔야 누이가 걱정을 안 하지요."

장운은 된장 그릇을 아버지 쪽으로 밀었다.

"그래, 내가 기운을 차려야 너도 고생 안 하지."

장운도 밥을 크게 떠 넣었다.

며칠 뒤, 장운은 윤 초시 댁에 나뭇짐을 지고 가다가 저만치서 약재 영감이 뒷짐을 지고 오는 걸 보았다. 영감은 장운을 보고 담뱃대 든 손을 부르르 떨면서 눈을 부라렸다. 장운은 움찔하다가 고개를 꾸벅하며 태연히 인사를 했다.

어제 장운은 약재 영감 집에 몰래 가서 장독에 돌을 던지고 도망쳤다. 개똥 던져 놓은 걸로 성이 차지 않아 또 한 번 분풀이를 한 것이다. 동무인 난이를 생각하면 마음 한구석이 좀 걸리기도 하지만 그렇게라도 안 하고는 참을 수가 없었다.

약재 영감은 담뱃대를 처들었다가 "끄응" 소리를 내며 도로 내렸다. 벌레 씹은 듯한 얼굴로 장운을 노려보더니 헛기침만 하고 휑하니 가 버렸다.

장운은 속으로 쿡쿡 웃었다.

"늙은 영감탱이, 용하지도 않으면서……."

장운은 약재 영감만 생각하면 부아가 났다.

'어머니를 낫게 하지도 못했으면서 약값만 챙기는 원수 같은 영감탱이, 빚 못 받을까 봐 누이를 종살이 보내고 대신 빚돈 받아 낸 욕심쟁이.'

윤 초시 댁에 오가면서 개울을 건널 때 장운은 늘 어머니와 누이 생각이 났다. 어머니가 빨래하는 옆에서 누이와 물장구를 치며 다슬기를 건지곤 했다.

"장운아, 얏!"

"하이고, 애들아, 흙물 올라와."

어머니와 누이 목소리가 귀에 쟁쟁했다. 장운은 개울가에 빈 지게를 내려놓고 누이가 빨래하던 돌에 앉았다. 지겟작대기로 물을 철벅거렸다.

개울 건너편에서 약재 영감이 오고 있었다. 장운은 그만 일어나서 지게를 메고 돌아섰다. 몇 발짝 옮기지 않았을 때였다.

"어이쿠!"

비명 소리에 돌아보니 약재 영감이 징검다리를 헛디뎠는지 물에 반쯤 빠져 있었다. 장운은 자기도 모르게 뛰어가려다가 그냥 돌아섰다.

"네 이노옴! 서지 못하겠느냐?"

약재 영감이 소리를 냅다 질렀다. 장운이 멈춰 섰다. 약재 영감이 물을 줄줄 흘리면서 절뚝절뚝 다가오더니 다짜고짜 지팡이로 장운을 내려쳤다.

"네놈이 일부러 그랬지? 나 넘어지라고 일부러 돌을 삐뚜름히 해 놓았지? 이놈, 네 이놈!"

영감은 지팡이로 장운의 등짝을 사정없이 때렸다.

"네가 장독 깼지? 개똥도 네놈 짓인 거, 다 안다."

영감은 쌓인 분이라도 푸는 듯 연거푸 지팡이를 휘둘렀다. 장운은 그대로 선 채 피하지 않고 고스란히 맞았다. 웬일인지 아프기보다 시원했다. 맞으면서 한껏 소리 내어 울었다. 영감이 제 풀에 놀라 매질을 멈추었다. 그래도 장운은 꺼억 꺼억 숨이 넘어가도록 계속 울었다.

"이놈아, 나도 네 아비 어미한테 할 만큼 했다. 그렇게 원수

대하듯이 할 게 아니란 말이다."

장운이 아예 바닥에 앉아 통곡을 해 대자 영감은 어쩔 줄 모르고 거푸 헛기침을 했다. 그러다가 멈출 기미가 안 보이자 서둘러 자리를 떴다. 장운은 주저앉아서 그동안 참았던 설움을 다 토해 내듯 오래 울었다. 막힌 속이 뚫린 듯 후련했다.

장운의 마음은 아랑곳없이 산은 하루가 다르게 가을빛으로 물들어 갔다. 장운은 산에 올라 나뭇단을 꾸리고 나서 정자로 올라갔다. 흙바닥에도 정자 위에도 할아버지의 흔적은 없었다.

'이제 정말 안 오시려나……'

할아버지가 남긴 편지를 품에서 꺼내 다시 읽었다. 슬픈 마음이 좀 가라앉는 것 같았다. 장운은 먼지 쌓인 마루에 손가락으로 이런저런 글자들을 쓰면서 누이와 할아버지를 생각했다.

5. 돌 깎는 아이

장운이 개울가에 앉아 어머니와 누이 생각을 하고 있는데, 징검다리 옆에 있는 둥글넓적한 돌 하나가 눈에 들어왔다. 크기도 그만한 것이 아버지의 투박한 손등 같았다. 장운은 돌을 건졌다. 이리저리 돌려 보니 거북같이도 생겼다.

장운은 윤 초시 댁 연못에 있는 돌 거북이 떠올랐다. 그 돌을 집으로 가지고 와서는 마루에 놓고 한참 동안 보고 있었다.

아버지가 물었다.

"웬 돌덩이를 그렇게 보고 있느냐?"

"거북 같아서 주워 왔어요. 그런 것 같지 않아요?"

"글쎄다. 그 뭉툭한 게 거북이라면, 목이며 다리를 모두 쏙 집어넣은 거북이겠구나."

"제 눈에는 목이랑 다리가 다 보이는데요?"

장운이 일부러 명랑하게 말했다.

"허허, 네 눈은 속에 든 것도 보는가 보구나."

아버지는 주춤주춤 걸어서 헛간으로 갔다. 새끼를 꼬러 가는 것이다. 장운은 마루에 걸터앉아 조마조마한 마음으로 아버지를 보았다. 아버지 발걸음은 허방을 딛는 듯 위태위태했다.

장운은 방과 마루를 깨끗이 닦아 냈다. 걸레를 빨아 놓고 헛간으로 들어갔다. 아버지는 헛간 문 쪽 밝은 곳에 앉아 한 손으로 짚단을 간추려 물을 축였다. 왼손에 힘을 못 쓰니, 가마니 바닥에 짚을 눌러놓고는 오른손만으로 볏짚을 비볐다. 겨우 새끼줄 흉내를 내는 정도였지만 아버지는 열심히 꼬았다.

한쪽 귀퉁이에 아버지의 연장 망태기가 있고 연장 몇 개가 밖으로 비어져 나와 있었다.

'아버지가 저것들을 다시 쓰실 날이 올까?'

장운은 연장들을 볼 때마다 울적했다. 오랫동안 아버지 손으로 다루던 것들이고 또 아버지 손목을 바순 것들이기도 했다. 장운이 망치를 집어 들었다. 나무 손잡이가 손때가 묻어서 반들반들했다.

"아버지, 저한테 돌 깎는 거 가르쳐 주세요."

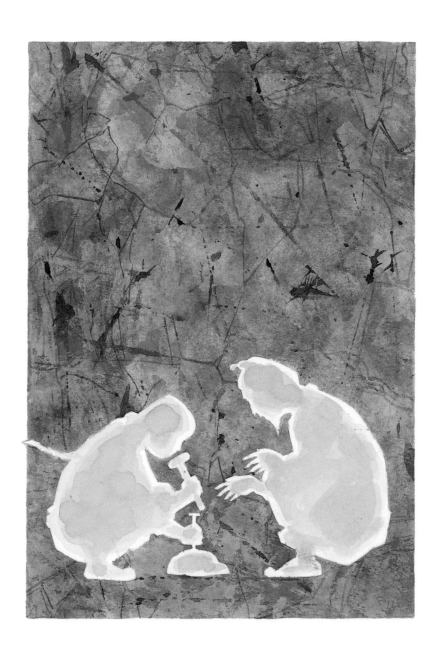

"응, 뭐라고?"

"돌 깎는 거 가르쳐 달라고요."

장운이 장난스럽게 작은 망치를 휘둘렀다. 아버지가 장운을 물끄러미 바라보았다. 장운이 망치와 정을 들고 나왔다. 마당한 귀퉁이에 박혀 있는 돌에 정을 대고 망치로 조심스럽게 내려쳤다. 정이 미끄러져 버렸다. 다시 정을 대고 조금 더 세게 내려쳤다. 돌 한쪽 귀퉁이가 떨어져 나갔다.

"야, 깼어."

어느새 아버지가 마당에 나와 있었다. 장운이 머리를 긁적이며 헤헤 웃었다.

"정을 대 보아라."

아버지의 진지한 얼굴에 장운이 웃음을 거두고 돌에다 정을 갖다 대었다. 아버지가 오른손으로 정을 바로 세웠다. 아버지의 거친 손이 장운의 손등을 푹 감싸 쥐고는 조금씩 움직여 방향을 잡았다.

장운은 한동안 틈나는 대로 마당가 돌에 정을 대고 망치질을 하며 연장을 손에 익혔다. 아버지가 정을 대는 방향과 망치에 힘을 조절하는 요령을 가르쳐 주었다.

"아이쿠!"

어느 날 아침, 아버지가 일어서다가 갑자기 주저앉았다.

"아버지, 왜 그러셔요?"

"허리가…… 아이고."

장운은 얼른 아버지를 부축하여 자리에 눕혔다. 곧 괜찮아지겠지 했는데 여러 날이 지나도 나아지지 않았다.

'이제 겨우 기력을 찾으시나 했더니…….'

장운은 덕이도 없는 마당에 아버지가 더 아플까 봐 마음이 무거웠다. 망설망설하다가 할 수 없이 약재 영감 집을 찾아갔다. 문 앞까지 가서는 선뜻 들어가지 못하고 주춤거렸다.

"장운아."

등 뒤에서 난이 목소리가 들리자 장운은 후다닥 몸을 바로 했다. 난이가 빨래 통을 들고 서 있었다.

장운과 난이는 어릴 때 곧잘 어울려 소꿉놀이도 하고 냇가에서 물놀이도 했다. 자라면서 좀 데면데면해졌는데, 덕이가 그렇게 간 뒤로 더 서먹해지고 말았다. 장운은 길에서 난이를 만나면 돌멩이를 걷어차고는 바삐 지나가 버리곤 했다. 난이도 먼저 말을 걸지 않았다.

그런데 얼마 전 장운이 장독을 깨고 도망갈 때, 난이는 뒤쫓아 나오다 말았다. 장운인 줄 눈치채고 그만둔 것 같았다. 장운은 그 뒤로 난이를 보면 제 발이 저려서 괜히 쭈뼛거렸다.

장운이 머뭇머뭇하며 아무 말을 못 하자 난이가 먼저 입을 열었다.

"우리 할아버지 만나러 왔니?"

"그게……."

"왜? 아버지가 편찮으셔?"

"응."

"들어와. 할아버지 안에 계셔."

장운은 몇 마디 말을 나누고 나자 쭈뼛거리던 마음이 사그라져서 어물쩍 따라 들어갔다. 난이가 부르는 소리에 약재 영감이 문을 열고 나왔다. 약재 영감은 마당에 선 장운을 보고는 고개를 돌리며 "에헴." 하고 헛기침부터 했다.

"네가 웬일이냐? 나를 다 찾아오고."

약재 영감은 퉁명스럽게 말했다. 그러더니 헛기침을 몇 번 더 하고는 몸을 반쯤 돌리고 앉아 담뱃대를 입에 물었다.

"저어, 아버지가 허리를 잘 못 쓰셔요."

약재 영감이 장운 쪽으로 몸을 돌렸다.

"얼마나 됐느냐?"

"한 사흘 됐습니다."

약재 영감은 몇 마디 증세를 묻더니 다시 옆으로 돌아앉았다.

"약값은 있느냐?"

'쳇, 영감탱이가 약값 타령부터 하는구나.'

장운은 '약값 있으면 벌써 왔지'라는 말이 튀어나오려는 걸 꾹 누르고 고개를 떨어뜨렸다.

"윤 초시 집에 나무해 준다고 했느냐?"

"예."

"그럼, 우리 집에 나무 열 짐 해 와라. 약 줄 테니."

"정말이십니까? 그러면 아버지 약 주시렵니까?"

"어흠, 어흠."

약재 영감은 거푸 헛기침을 하며 담뱃대를 마루 끝에다 땅 땅 내리치고는 약재 방으로 들어갔다.

'나무하는 거라니, 다행이다.'

장운은 약재 영감에 대한 미움이 조금 가시는 듯했다. 약을 기다리느라 마루에 걸터앉았다. 난이가 보이지 않았다. 장운은 슬그머니 부엌 쪽으로 목을 빼고 귀를 기울였다. 부스럭 소리가 나는 게 난이가 무언가 하고 있는 것 같았다. 장운은 가 보고 싶었지만 왠지 주저되어 그냥 앉아 있었다. 마당 한쪽에서 닭들이 꼬꼬댁거리며 돌아다녔다. 약을 꾸리는 데 시간이 꽤 걸리는 모양이었다.

난이가 바가지를 들고 나왔다.

"하나 먹어 봐."

김이 솔솔 나는 찐 마였다. 장운은 괜히 하늘을 한 번 휘둘러보았다. 갈까마귀 떼가 무리를 지어 날아가고 있었다. 난이가 바가지를 장운이 쪽으로 쓱 밀었다.

"덕이 언니도 없는데 아버지까지 아프셔서 걱정이다."

"흥, 네가 무슨 걱정이냐?"

장운이 퉁명스럽게 받았다. 난이는 무안한 듯 한참 동안 아무 말이 없었다. 장운은 좀 머쓱해서 발로 마루 밑을 툭툭 찼다.

"하나 먹어 봐. 너 주려고 급하게 쪘다."

장운은 바가지를 도로 밀어내려고 손을 뻗었다. 난이 표정이 바짝 굳어졌다. 장운은 뻗은 손을 바가지 속으로 쑥 집어넣고 말았다. 따끈한 마가 잡혔다. 난이 얼굴이 환해졌다.

마는 달짝지근한 게 아주 맛있었다.

"맛있지? 참, 올해는 수수랑 깨 농사가 무척 잘됐다. 좀 줄게."

장운이 마를 네 개나 먹고 나자 약재 영감이 나왔다. 영감이 바가지를 힐끔 보았다. 난이가 얼른 부엌으로 가더니 소반에 물 한 사발과 마를 담아 내왔다.

약재 영감이 손에 든 약 첩을 내밀었다.

"에헴, 옜다. 이거 잘 달여서 네 아비 줘라. 나무해 오는 거 잊지 말고."

"예에, 고맙습니다. 나무 꼭 해 오겠습니다."

장운은 약을 받아 들고 나왔다. 몇 발짝 옮기는데 뒤에서 난이가 불렀다.

"이거……."

난이가 자루 두 개를 내밀었다. 수수와 깨였다. 장운은 쭈뼛거리며 받긴 했는데 얻어먹는 것 같아서 낯이 뜨거웠다. 붉어진 낯을 식힐 마음에 속으로 난이를 비아냥거렸다.

'칫, 제 할아버지가 한 일이 미안하긴 한가 보네.'

난이가 입술을 달싹달싹하다가 말을 꺼냈다.

"덕이 언니 일은…… 네가 많이 속상한 거 알아. 미안해."

장운은 속을 들킨 듯해서 얼굴이 화끈거렸다. 뭐라고 대꾸해야 할지 몰라 우물쭈물하다가 그냥 돌아서고 말았다.

장운이 잰걸음으로 집에 돌아오니 아버지가 방문 가까이에서 일어나려 애쓰고 있었다. 장운은 얼른 아버지를 부축하여 뒷간으로 갔다. 아버지가 혹시나 넘어질까 봐 손을 잡고 기다렸다가 방으로 부축해 왔다. 오지그릇을 찾아 약을 안치고 부채질을 했다.

그 뒤로 장운은 길에서 난이를 만나도 돌멩이를 차지 않았다. 나무를 해 가면 난이도 약재 영감 몰래 밀떡 같은 걸 슬쩍 건네주곤 했다. 그렇지만 누이를 생각하면 약재 영감한테는 여전히 부아가 슬슬 끓어오르는 걸 어찌할 수 없었다.

장운은 가끔 정자에 가 보았으나 할아버지는 오지 않았다. 할아버지가 앉았던 자리에 앉아 들판을 내려다보았다. 텅 빈 들판이 쓸쓸해 보였다.

윤 초시 댁 마당에는 자그마한 연못이 꽤 멋스럽게 파여 있다. 집 뒤 실개울과 연결돼서 물이 흘러들고 있었다. 연못 한쪽에 크고 넓적한 돌이 운치 있게 자리하고 있는데, 돌 거북이 그 위에 반듯이 앉아 있었다. 장운은 요즘 들어 이 연못을 지날 때마다 돌 거북을 이리저리 뜯어보았다.

장운이 손을 뻗어 돌 거북을 천천히 만졌다. 여느 때와 같이 까끌까끌한 감촉이 느껴졌다.

"허허, 너 때문에 우리 거북이 다 닳겠구나."

돌아보니 눈썹이 허연 윤 초시가 서 있었다. 장운은 얼른 일어나 허리를 굽혔다.

"네 아비가 돌을 깎았다고 했지?"

"예. 계단이나 축대에 쌓을 돌을 다듬었는데, 지금은 손목을 다쳐서 일을 못 합니다."

"어린 네가 고생이 많구나."

"어르신 덕분에 굶지는 않고 지냅니다."

"아니다. 내가 네 덕을 보고 있지. 네가 떠다 주는 약수로 씻으니 내 눈이 한결 밝지 않으냐?"

윤 초시가 장운의 머리를 쓰다듬고 안으로 들어갔다. 장운은 윤 초시 뒤를 향해 다시 허리를 굽혔다.

집으로 돌아온 장운은 햇살이 비스듬히 들어오는 헛간에 앉아 돌을 어루만졌다. 그동안 개울에서 주워 와 연습 삼아 깨고 깎아 본 돌이 마당가에 한 무더기 쌓여 있었다.

이제 드디어 거북을 다듬어 볼 생각이었다. 아무래도 등껍질부터 둥글불룩하게 다듬는 게 쉬울 성싶었다. 장운은 돌이 깨질세라 망치를 조심조심 두드렸다. 대충 형태만 잡는 데도 여러 날이 걸렸다.

거북을 다듬는 일이 어렵고 힘들었지만 장운은 깊이 몰두하는 기쁨을 느낄 수 있었다. 돌을 만지면서 슬프거나 울적한 생각을 한결 덜 하게 되었다.

"자식새끼 얼굴 다루듯 살살 어루만져야지."

아버지는 힘없는 손으로 조금씩 새끼를 꼬며 돌 이야기를 했다.

"작은 돌 하나에도 다 제 기운이 있다. 돌을 깨려고만 하지 말고 기운을 불러내는 것처럼 두드려야 한다. 그래야 돌이 문을 열어 준다."

장운은 그렇게 말하는 아버지를 바라보았다. 아직 몸이 불편하긴 해도 예전의 아버지로 돌아온 것 같아 가슴이 뭉클했다.

"아버지."

"응?"

아버지가 고개를 들었다.

"저, 아버지 아들 맞지요?"

"무슨 소리냐?"

"저도 아버지 닮아서 잘할 거예요."

"날 닮아서야 되겠느냐? 할아버지를 닮아야지."

"할아버지는 어떤 분이셨어요?"

"참으로 믿음직한 분이셨다. 말이 없는 대신 눈썰미가 좋고 손재주가 뛰어나셨지."

아버지는 그리운 듯 허공을 잠깐 바라보다가 장운을 보고 웃었다. 장운도 아버지를 마주 보고 웃었다. 얼마 만인가, 이렇게 같이 웃어 본 게. 장운은 가슴속에 있는 먹구름이 걷히는 것 같았다.

6. 아바니믄 좀 엇더ᄒ시니잇고

해가 바뀌어 겨울이 끝나 가고 있었다. 나뭇짐 지게를 짊어진 장운의 발밑으로 푸른 풀잎이 다문다문 돋아나 있었다. 귀 끝을 스치는 바람도 푸근하고 발도 시리지 않아 다니기가 한결 수월했다.

"장운아, 덕이가 말이다……."

윤 초시 댁에 들어서기가 바쁘게 봉구댁이 기다렸다는 듯 장운을 붙잡았다. 장운은 덕이란 말에 흠칫 놀라 눈을 크게 떴다.

"덕이가 저어기 무심천 너머 기와집 많은, 그 무슨 마을이라더라, 거기에 산단다."

"예, 누이가요?"

"그래. 우리 바깥양반이 숯 팔러 갔다가 덕이를 만났대."

"정말요? 정말 누이를 만나셨대요?"

"그렇다니까. 자, 이게 뭔지 모르겠다. 덕이가 주더라네."

봉구댁이 종이 접은 것을 내놓았다.

"편지라 했다는데, 이게 글자도 아니고……."

종이를 펴 본 장운은 화들짝 놀랐다. 글자가 씌어 있었다. 누이와 같이 외우며 신기해하던 바로 그 글자들이었다.

아바니믄……

종이를 든 장운의 손이 바들바들 떨렸다. 장운은 더듬더듬 글자를 짚어 나가며 소리 내어 읽어 보았다. 그것은 분명 누이가 장운에게 하는 말이었다.

아바니믄 좀 엇더ᄒ시니잇고 너도 이대 잇ᄂ다 나ᄂ 이 대 잇ᄂ니라 만나고쟈 ᄒ야도 쉽디 아니 ᄒ니 참고 기ᄃ 리노라 아바님씌 효도ᄒ리라 너를 믿노라

(아버지는 좀 어떠하시냐? 너도 잘 있느냐? 나는 잘 있다. 만나고자 하여도 쉽지 않으니 참고 기다린다. 아버지께 잘할 거라고 너를 믿는다.)

'누이가 편지를 써서 보냈다! 어떻게, 어떻게 이럴 수가?'

장운은 가슴이 벌렁벌렁했다.

봉구댁이 고개를 갸웃거렸다.

"그게 편지 맞니? 참 이상하네."

장운은 한참을 멍해 있다가 퍼뜩 정신이 들었다.

'그렇다면 나도, 나도…….'

장운은 주먹을 힘껏 내지르며 풀쩍 뛰어올랐다. 봉구댁이 놀라서 뒤로 물러섰다.

"아이고, 이리 좋을꼬?"

장운이 봉구댁 팔을 꽉 잡았다.

"아저씨가 언제 또 가십니까? 갈 때 꼭 제 편지 갖고 가 달라 해 주셔요."

"아이고, 팔 아파라. 무슨 애가 이리 힘이 세냐?"

봉구 아저씨는 한동안은 구녀산에 들어가서 숯을 굽고, 다 구우면 여기저기 숯을 팔러 다녔다.

"하이고, 참말로 우습네. 너희가 편지를 쓴다고? 그게 무슨……."

장운은 대답할 틈도 없이 집까지 정신없이 뛰었다. 두 손으로 마루를 짚었을 때는 숨이 턱까지 찼다.

"하아, 하아, 아버지! 아버지!"

장운은 짚신도 벗는 둥 마는 둥 방으로 뛰어들었다.

"누이가요, 하아, 누이가 편지를, 하아."

장운이 편지를 흔들었다.

"덕이가 어쨌다고? 아이쿠."

아버지가 일어나려다 도로 방바닥을 푹 짚었다.

"아버지!"

"괜찮다. 그런데 덕이가 뭐라고?"

"보, 봉구 아저씨가 누이를 만났대요."

"덕이를 만났다니, 그게 무슨 소리냐, 응?"

장운은 겨우 숨을 고르고서 아버지 앞에 편지를 펴 보였다.

"누이가 쓴 거예요. 정자에서 양반 할아버지가 가르쳐 준 글자로요."

장운은 글자를 한 자 한 자 짚어 가며 소리 내어 읽었다. 아버지는 눈을 둥그렇게 뜨고 짚어 주는 글자를 눈으로 따라갔다.

"보세요, 아버지. 누이가 잘 있대요."

"참말이냐? 아이고 덕아, 고맙다. 참말로 고맙다."

"아버지, 저도 누이한테 편지 쓸 거예요."

"전부터 글자를 쓰니 어쩌니 하더라만, 도대체 무슨 소린지……. 어쨌든 덕이가 잘 있다니 다행이다. 정말 다행이야."

아버지는 기어이 눈시울을 붉혔다.

장운은 토끼 눈 할아버지가 준 종이를 펴고 먹을 갈았다. 종이와 먹을 보니 새삼 토끼 눈 할아버지가 떠올랐다.

'할아버지, 누이가 편지를 보내왔어요. 할아버지가 가르쳐 주신 글자로 편지를 써 보내왔다고요.'

장운은 왼손으로 종이를 누르고 오른손으로 붓을 들어 글을 썼다. 아버지가 바싹 다가와서 장운의 손놀림을 보았다.

"참 요상도 하구나. 뻗치고 둥글리고 점 찍고 해서 글자가
된다니……."

**누의 반갑고 깃븐 마수미 누의를 본 것쳐로 아조 크도다
글볼 받좁고 얼머나 깃븐지 아바니믄 내 이대 뫼샤니 걱
뎡 마소**

(누이야, 반갑고 기쁜 마음이 누이를 본 것처럼 아주 크다. 편지 받고 얼
마나 기쁜지. 아버지는 내가 잘 모시니 걱정 마.)

글을 써서, 생각을 적어서 보낼 수 있다니……. 장운은 좀처
럼 흥분이 가시지 않았다.

저녁을 먹고 나서 장운은 사립을 나섰다.

"아버지, 봉구 아저씨한테 갔다 오겠습니다. 누이 이야기
좀 들어 보려고요."

"그래, 어찌 사는지, 주인은 어떤 사람인지 자세히 물어봐라."

몇 발짝 내려가는데 봉구 아저씨가 올라왔다.

"아, 아저씨, 지금 안 그래도……."

"우리 집에 가던 참이란 말이지?"

"예."

"네 아버지가 궁금해할 것 같아서 내가 왔다."

"예. 참, 편지는 잘 받았습니다. 정말 고맙습니다."

"그래, 너희만 아는 비밀 글자가 있는 것 같던데?"

"비밀 글자요? 헤헤, 그러네요."

아버지는 봉구 아저씨를 보자 손을 잡고 이것저것 물어 댔다.

"나야 뭐, 뒤란에 숯 갖다 놓고 집사 양반한테서 돈 받아 오면 그만이지. 가끔 끼니때면 밥 한술 얻어먹기도 하고. 주인어른 성품까지야 모르겠지만도 썩 인심 사나운 집은 아니데. 하인들 인심 보면 주인 인심도 알 수 있는 법이거든."

"참말로 다행이구먼. 덕이는 거기서 무엇을 한다고?"

"그 집에 오랫동안 자리보전하고 있는 노할머니가 있는데, 그이 병 수발을 한다는구먼. 그 댁 젊은 마님이 좀 병약한 모양이야."

"그래, 덕이 얼굴은 축이 안 났던가?"

"뭐, 꽤, 괜찮더군. 덕이 말을 들어 보니 노할머니한테 붙어서 말동무까지 하느라 다른 집안일은 안 하는가 보더라."

"다행이구먼. 아이고, 자네가 참말로 고맙네. 어떻게 그 집에를 다니게 되어서 덕이 소식을 다 듣고, 이렇게 고마울 데가 있나."

"나도 덕이를 보고 깜짝 놀랐지. 덕이도 반가워서 풀쩍풀쩍 뛰더라니까. 덕이가 우연히 뒷마당을 지나가지 않았으면 못 만날 뻔했지."

"하이고, 덕이가 그 낯선 데를 가서 고향 아저씨를 만났으니 얼마나 힘이 되었겠나. 더군다나 제 어미랑 봉구댁이 오죽 친했나? 하늘이 도운 게지."

"덕이는 그저 자네 걱정뿐이더군. 어서 몸을 추스르게. 그래야 옛날처럼 술추렴도 하지."

아버지는 오랜만에 얼굴에 화색이 돌았다. 봉구 아저씨가 일어났다. 장운이 문밖까지 따라 나갔다.

"아저씨, 다음에도 꼭 누이 만나고 와서 소식 전해 주셔요. 가실 때, 제 편지 꼭 좀 가져다 전해 주시고요."

"편지, 편지 하던데 도대체 그게 뭐냐?"

"그런 게 있어요."

"녀석도……. 어휴, 네 아비가 웬만큼만 해도 덕이를 그렇게 보내지는 않았을 것을……. 쯧쯧."

장운이 눈을 동그랗게 뜨고 봉구 아저씨를 빤히 보았다.

"아, 아니다. 먼 데 남의 집에 가 있으니 그저 안돼서 해 본 소리다."

봉구 아저씨는 얼른 손을 내젓더니 이내 뒷짐을 지고 휘적휘적 길을 내려갔다. 장운이 얼른 뒤따라 내려갔다.

"아저씨, 혹시 누이가 고생하고 있어요?"

"아니, 뭐 그런 건 아니고……. 편히 잘 있다고는 하더라만, 남의집살이가 어디 쉽겠냐?"

봉구 아저씨는 서둘러 고샅길을 돌아 나갔다. 장운은 돌덩이 하나가 가슴을 쿵 치는 것 같아 한참을 그대로 서 있었다.

'그래, 편하기야 하겠어? 하지만…… 잘 있다고 하잖아.'

장운은 애써 마음을 다잡았다. 집으로 돌아오니 아버지가 마루에 앉아 있다가 장운을 보고는 말했다.

"이제 한시름 놓겠구나. 아이고, 우리 덕아."

다음 날, 장운은 혹시나 하고 누이와 자신이 쓴 편지를 가지고 정자에 가 보았다. 역시 할아버지는 없었다. 기대하지는 않았지만 그래도 서운했다. 장운은 정자에 앉았다.

'할아버지…….'

장운은 정자 한 구석에 할아버지에게 쓴 편지를 놓고 돌로 눌러두었다.

할아바님 장우니 녀가노이다 누의로브터 글부롤 받ㅈ 부니이다 저도 누의의게 글부롤 쓰숩노이다

(할아버지, 장운이 다녀갑니다. 누이한테서 편지를 받았습니다. 저도 누이한테 편지를 썼습니다.)

장운이 집에 돌아오니, 오복이 막 온 듯 마당에 서 있었다.

"이제 오니?"

오복이 손에 든 떡을 내놓으며 마루에 걸터앉았다.

"오늘이 방앗집 큰서방님 생일이다."

"야, 떡. 성아, 고맙다."

장운이 반색을 하며 받았다. 얼른 방문을 열었다.

"아버지, 오복이 성이 떡을 가져왔네요."

"번번이 고맙구나."

"뭘요, 아저씨. 어서 드셔요."

장운은 아버지와 마루에 앉아 떡을 먹었다. 쫀득쫀득한 인절미에 떡고물이 포실포실했다.

"성아, 되게 맛있다."

"천천히 먹어, 인마."

"성아, 우리 누이한테서 편지 왔다."

"편지? 편지라니, 무슨?"

오복이 눈이 튀어나올 듯 물었다. 장운이 편지를 마루에 펴 놓고 천천히 읽어 주었다.

"이게 글자라고?"

"응. 어떤 양반 할아버지가 가르쳐 준 글자야."

장운은 제가 쓴 답장도 보여 주었다. 오복은 입을 반쯤 벌린 채 글자를 뚫어지게 보았다. 장운이 마당에 막대기를 대었다.

"여기다 이렇게 쓰면 '가'고 이렇게 쓰면 '거'라고 읽어. 그러니까 이렇게 이렇게 쓰면 '가거라'가 되는 거야. 재미있지?"

"그러면 '오너라'는?"

장운은 ㅇ을 쓰고 ㅗ를 아래에 붙였다. ㄴ을 쓰고 ㅓ를 옆에 붙였다.

"봐, 이렇게 쓰면 '오너라'야. 쉽지? 성도 배울래? 금방 배울 수 있어."

"쉬운가 어떤가는 모르겠는데, 하여간 그러면 나도 덕이한테 편지 쓸 수 있겠네?"

"그럼, 얼마든지."

"정말이니? 그럼 내가 안 배울 수 없지, 안 그러냐?"

오복은 틈날 때마다 장운네 마당에 와서 글자를 배웠다. 그러고는 낱자를 다 익히기도 전에 곧바로 덕이한테 편지부터 쓰겠다고 야단이었다.

뎌가 짐 거뎡

"아니, 이렇게."

집 걱뎡

"아, 그렇구나."

오복은 날마다 편지를 쓰겠다고 애쓴 덕분에 얼마 안 가서 글자를 다 익혔다.

"어이, 훈장. 이 글 맞게 썼나 좀 봐 줘."

"훈장? 에헴. 하하하."

장운은 같이 읽으며 잘못 쓴 것을 고쳐 주었다.

더가 집 걱뎡 마라 내 즈로 왜셔 네 아바님 돌보고져 ᄒ 노라 눈츼 보아 틈트미 쉬고 밥 이대 추자 머거라

(덕아, 집 걱정 마라. 내가 자주 와서 네 아버지 돌봐 드릴게. 눈치 보아 틈틈이 쉬고, 밥 잘 챙겨 먹어라.)

"야, 내 생각을 이렇게 적을 수 있다니 참 좋다."

"그렇지? 성, 봉구 아저씨가 언제쯤 또 가실까?"

"글쎄, 빨리 좀 가시라고 해야겠다."

오복은 덕이에게 편지 보낼 기대로 봉구 아저씨가 얼른 가기를 장운 못지않게 기다렸다.

얼마 뒤, 장운은 드디어 길을 떠나는 봉구 아저씨에게 편지를 주며 누이에게 잘 전해 달라고 신신당부를 했다. 그러고 나니 날이 갈수록 가슴이 뛰었다. 열흘 뒤에나 돌아올 봉구 아저씨를 기다리느라 목이 빠질 지경이었다.

장운은 돌을 조심조심 다듬으며 마음을 느긋하게 먹었다. 여기저기 정을 대고 조금씩 깨다 보니 돌이 울퉁불퉁한 대로 모양을 잡아 갔다.

"거북이 만든다며? 고슴도치 같다."

어느새 나타난 오복이 놀렸다.

"조금만 더 있어 봐. 거북이가 나올 테니."

봉구 아저씨가 돌아오기까지 예정보다 시간이 더 걸렸다. 이제나저제나 하며 기다린 뒤에야 돌아온 봉구 아저씨가 장운에게 편지 두 통을 전해 주었다. 하나는 오복이 것이었다.

아바님 모미 이전도곤 나손 말쏨 듣ᄌᆞ오니 아조 기쁘더이다 저ᄂᆞᆫ 이 지븨셔 이대 보ᄉᆞᆯ펴 주어ᄻᅡ 이대 먹고 편한킈 잇ᄉᆞᆸᄂᆞ이다 그리호니 제 걱뎡 마ᄉᆞᆸ시고 부듸 모몰 추ᄉᆞ르ᄉᆞᆸ쇼셔 내 동싱 장우나 진실로 고맙도다 ᄎᆞᆷ고 견듸면 ᄡᅥᆨ 됴호 나리 오리라

(아버지, 몸이 전보다 나으시다는 말 듣고 아주 기뻤습니다. 저는 이 집에서 잘 대해 주어 잘 먹고 편히 있습니다. 그러니 제 걱정 마시고 부디 몸을 추스르셔요. 내 동생 장운아, 참으로 고맙구나. 참고 견디면 꼭 좋은 날이 올 거야.)

장운은 아버지 앞에서 편지를 열 번도 더 읽었다. 아버지는 눈가가 축축해진 채 하염없이 고개를 끄덕끄덕하였다. 종이에 쓴 글자인데도 소리 내어 읽으니 누이의 마음까지 느껴졌다.

장운은 단숨에 달려가 논에서 일하고 있는 오복에게 편지를 건네주었다. 오복은 흙손을 바지에 문질러 닦고는 더듬더듬 읽었다.

오보가 네 글볼 받고 아조 놀라닷도다 진실로 고맙도다 네 히미 두외어늘 얼머나 마수미 노히눈지 모루놋도다 이 은혜 싹 갑소볼쎄라

(오복아, 네 편지 받고 깜짝 놀랐다. 정말로 고맙다. 네가 힘이 되어 주니 얼마나 마음이 놓이는지 모른다. 이 은혜는 꼭 갚을게.)

오복은 읽고 또 읽으며 입을 다물지 못했다.

"장운아, 덕이하고 편지를 주고받게 될 줄은 꿈에도 생각지 못했다. 고맙다, 장운아."

장운은 나무하러 오가는 길에 쌓기 시작한 돌탑에 돌을 하나 더 얹으며, 얼른 커서 누이를 데려올 수 있기를 빌었다.

길에서 난이를 만났다.

"우리 누이한테서 편지 왔다."

장운은 지겟작대기를 빙빙 돌리며 자랑했다. 난이는 고개를 갸웃했다.

"그게 무슨 소리니?"

장운은 누이가 보낸 편지를 품에서 꺼내 보여 주었다. 눈이 휘둥그레진 난이에게 천천히 읽어 주었다. 난이 눈이 더 커졌다.

"이게 뭐, 뭐야?"

"글자야. 너도 배울래? 말하는 걸 그대로 쓸 수 있어."

난이는 고개를 갸웃하면서도 선뜻 나섰다.

"가르쳐 줘."

장운이 집에 난이까지 글자를 배우러 자주 들락거렸다. 화사한 봄볕이 장운이 집 안에서도 피어나는 것 같았다. 사람이 북적대니 아버지가 웃는 일이 많아졌다. 난이는 올 때마다 산나물무침이나 부침개를 들고 왔다.

"와, 맛있다. 난이야, 너는 날마다 와야겠다."

"호호, 그럴까?"

"이거 우리 넷만 아는 글자다. 그렇지?"

오복은 큰 비밀이라도 함께 지닌 듯 즐거워했다.

"자, 오늘은 글 값 좀 해야겠다."

오복이 밖으로 나가더니 싸릿대를 한 아름 꺾어 왔다. 장운이 거들어서 사립문을 새로 해 달았다.

"문만 고쳐도 집이 한 인물 사네."

아버지가 몇 번이고 만져 보며 좋아했다.

"다른 덴 손볼 데 없니?"

오복은 신이 나서 집을 다 뜯어고칠 듯이 휘둘러보았다.

7. 새끼 거북과 복 두꺼비

돌 거북이 완성됐다. 윤 초시 댁 거북보다 훨씬 작지만 모습은 영락없는 거북이었다. 장운이 윤 초시 댁 대문을 들어서자 마침 윤 초시와 마님이 연못가에서 물고기를 보고 있었다. 장운은 절을 하고 돌 거북을 조심스레 내밀었다.

"제가 깎아 보았습니다."

"거북이 아니냐?"

"아유, 정말 참한 거북이네요."

"재주가 참 용하다. 이것을 나에게 주는 것이냐?"

"예, 어르신 덕분에 굶지 않고 삽니다."

"허허, 별말을 다 하는구나. 어쨌든 고맙게 받으마."

윤 초시는 거북을 들고 연못으로 가서 이리저리 견주어 보더니 큰 거북 옆에 장운이 깎은 거북을 나란히 두었다. 큰 거북은 면이 매끌매끌한데 장운이 것은 울퉁불퉁하였다. 장운은 얼굴이 화끈 달아올랐다. 그러나 마님은 썩 마음에 드는지 환하게 웃었다.

"참 잘 어울립니다. 꼭 어미와 새끼 같습니다."

"그렇구려. 허허, 그것 참. 네가 석수장이 아들인 게 맞긴 맞구나."

윤 초시는 매우 흡족한 듯 두 거북을 이쪽에서 보고 저쪽에서 보고 하였다.

"나도 뭐 보답을 해야 하지 않겠느냐? 뭘 좀 주랴?"

"아, 아닙니다."

"허허, 아니다. 말해 보아라."

장운은 망설이다가 용기를 내어 종이를 주십사고 했다.

"종이를? 어디에 쓰려느냐?"

"저, 누이한테 편지를 쓰려고 합니다."

"편지? 아니, 네가 글을 아느냐?"

"그게, 저…… 어떤 할아버지한테서 간단하고 쉬운 글자를 배웠습니다."

"간단하고 쉬운 글자? 그게 무엇인고?"

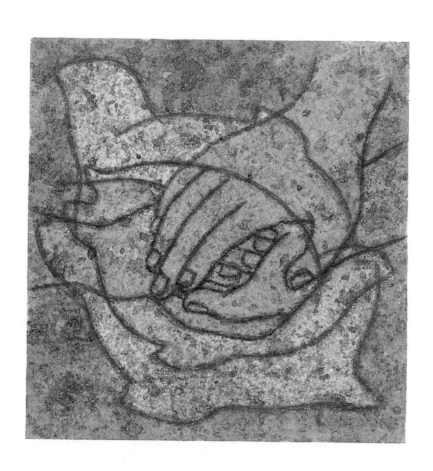

장운은 지겟작대기로 땅에다 글자를 몇 개 써 보이고 소리 내어 읽었다. 윤 초시는 고개를 갸웃하였다.

"글자가 아니고 무슨 표식 같구나. 허허, 알겠다. 어쨌든 종이를 주마."

윤 초시는 하인을 불러 뭐라고 이르고는 안으로 들어갔다.

"어르신, 고맙습니다."

장운은 윤 초시 등에다 절을 하였다.

"잠시 기다려라."

마님은 그렇게 이르고 부엌 쪽으로 갔다.

장운이 하인이 가져다준 종이 묶음을 들고 서 있는데, 마님이 손에 뭔가를 들고 나왔다.

"혼자서 아버지 모시고 살림 꾸리느라 힘들지?"

"아, 아닙니다. 어르신 덕분에……."

"자, 쌀과 고기니라. 아버지랑 먹으려무나."

장운은 가슴이 울컥하며 눈물이 핑 돌았다. 얼른 눈을 깜빡이며 허리를 굽혀 절했다.

"고맙습니다."

장운이 두 손으로 받으며 언뜻 올려다보니 마님이 부드럽게 웃었다. 약간 병색이 있는 하얀 얼굴이 슬픈 듯해서 더욱 고왔다.

'참으로 고우신 어른이구나.'

장운은 그대로 선 채, 마님이 마당을 지나 마루로 오르고 안방 문을 열고 들어가는 모습을 보았다. 마님은 아들 둘을 차례로 잃었다고 했다. 하나는 어릴 때고 하나는 꽤 장성한 뒤라 했다. 무슨 병인지도 모르고 시름시름 앓다가 죽었다고 마을 사람들이 그랬다. 그래서 마음 병이 깊어 늘 병색이 있다고 했다.

'저분 마음이 어머니를 잃은 내 마음과 비슷할까?'

장운은 막연히 그럴 거라는 생각이 들었다.

장운은 바쁘게 집으로 돌아왔다. 고깃국 끓일 생각을 하자 발걸음이 가벼웠다.

"아버지, 고깃국은 어떻게 끓이지요?"

"웬 고기냐?"

아버지 눈이 휘둥그레졌다. 장운은 아버지가 일러 주는 대로 고기를 기름에 덖었다. 무를 썰어 넣은 고깃국이 끓기 시작하자 구수한 냄새가 풍겼다. 저녁상이 푸짐했다.

"역시 고기는 고기구나. 먹으니 바로 힘이 나는 것 같다."

아버지가 눈가에 주름을 깊게 지으며 환하게 웃었다.

"그렇지요? 한 해에 한 번이라도 고깃국을 먹을 수 있으면 좋겠어요."

어느 날, 장운은 냇가에서 길쭉한 돌을 하나 발견했다. 팔뚝만 한 것이었는데 손에 들고 보니 길게 누운 소 같았다.

다음 날, 장운은 은행나뭇집에 나뭇짐 부려 주러 갔다가 외양간에 누워서 천천히 되새김질하고 있는 소를 주의 깊게 보았다. 소는 햇볕을 받으며 눈을 지그시 감고 큰 입을 우물우물 움직였다.

장운은 시간 가는 줄 모르고 소 등짝이며, 파리를 쫓느라 가끔 제 엉덩짝을 후려치는 꼬리를 보았다. 며칠 동안 나뭇짐 없이도 그 집에 들어가서 소를 들여다보았다.

"너네 집에는 논도 없는데 소는 왜 그리 열심히 보느냐?"

그 집 함지댁 아주머니가 머리를 쿡 쥐어박으며 장난을 걸었다. 장운이 멋쩍게 머리를 긁자 아주머니가 시렁에 얹어 둔 소쿠리를 내려 인절미 몇 조각을 주었다.

장운은 소의 움직임을 생각하며 돌을 다듬기 시작했다. 날마다 어둑해져서 안 보일 때까지 열심히 다듬었다. 한 달도 더 걸려서 소 목덜미를 다듬어 내고 나니, 장운은 마치 집에 소 한 마리를 들인 듯 마음이 넉넉했다. 완성된 소는 솜씨가 서툴러 거칠고 투박했지만 썩 마음에 들었다.

장운은 아버지에게 소를 내밀며 너스레를 떨었다.

"아버지, 우리 집에 암소 한 마리 들입니다아 ─."

"꼭 진짜 소 같구나."

"나중에 제가 돈 벌어서 논도 사고 밭도 살 거예요. 그리고 소도 한 마리 꼭 사겠어요."

"그래, 꼭 그리 하여라."

아버지는 함빡 웃으며 진짜 소를 만지듯 소 등허리를 쓰다 듬었다. 돌을 다듬어서 무언가를 만들어 내는 일이 장운에겐 더없이 흥미진진했다. 어느새 산이나 개울가를 오갈 때면 돌을 살피는 버릇이 생겼다.

저녁에 난이가 집에서 써 본 글이라며 슬그머니 종이를 꺼냈다. 꽤 긴 글이었다. 장운은 난이와 같이 소리 내어 읽었다. 주로 꽃이나 약초 이름이 많이 들어간 글이었다.

"뒷산에 도라지 꽃이 많이 피었다. 도라지는 꼭 아기가 입을 오므린 것처럼 꽃잎을 오므리고 있다. 도라지는 꽃잎만 예쁜 것이 아니라 뿌리도 약재가 되어 우리에게 쓸모가 많다."

"하이고, 누가 약재 영감 손녀 아니랄까 봐."

"그러게 말이다."

오복이 맞장구를 쳤다. 셋은 와르르 웃었다. 장운은 문득 토끼 눈 할아버지 말을 떠올렸다.

'네가 다른 사람들에게 가르쳐 주려무나.'

장운은 난이와 자주 만나서 같이 글자도 익히고 하니 어릴 적에 같이 놀던 때보다 더 가까워졌다. 난이는 장운의 손이 미처 가지 못하는 부엌일을 슬쩍 해 주거나 요령을 가르쳐 주기도 했다.

　글자 공부를 마치고 장운이 오복과 난이를 배웅하러 마당에 나오니, 장독대에서 두꺼비 한 마리가 눈을 껌벅껌벅하며 장운을 바라보았다.
　"저 녀석 봐라. 넉살 좋네. 남의 집 장독에 떡하니 버티고 앉은 것 봐."
　오복이 옆에 있는 긴 장대를 들었다. 슬쩍 건드리니 두꺼비가 옆으로 풀쩍 옮겨 앉았다. 한 번 더 건드리니 또 옮겨 앉을 뿐 도망가지 않았다.
　"성, 저 녀석 앉음새가 제법 의젓하지 않아?"
　"그래, 어째 만만치 않은 녀석 같네. 너희 집에 복덩어리라도 갖다 줄 것 같은데?"
　"그럴 것 같다. 저 녀석 마음에 든다."
　장운은 두꺼비 목이 쿨렁이는 것을 눈여겨보았다.
　틈만 나면 장운은 또 헛간에 틀어박혔다. 날이 점점 더워졌지만 헛간에 파묻혀 돌을 만지고 있으면 더운 줄도 몰랐다. 굵

은 땀방울이 툭 하고 손등에 떨어지기도 했다. 장운의 손에서
두꺼비 한 마리가 꿈틀대기 시작했다. 정말 복이라도 가져다
줄 듯한 두꺼비였다.

'우리 집엔 진짜 두꺼비가 있으니…….'

장운은 복 두꺼비를 베주머니에 싸서 나뭇짐 안에 넣었다.

8. 석수장이 일터

　장운이 나뭇짐을 부려 놓고 나오는데 연못가에 모시옷을 칼칼하게 손질해 입은 윤 초시가 복 두꺼비를 손에 들고 서 있었다. 얼마 전에 장운이 마님께 드린 두꺼비였다. 안방에 두고 보시면 좋을 것 같아서 드렸던 것이다.

　옆에는 턱에 수염이 듬성듬성 난 사내가 서 있었다. 이마에 가로로 깊은 주름이 졌고 오른쪽 눈 옆에 아기 손바닥만큼 넓적한 점이 거뭇하게 있었다. 눈빛이 강하여 언뜻 무서운 느낌도 들었다.

　두 사람은 장운이 깎은 거북과 두꺼비를 번갈아 보면서 얘기를 나누고 있었다. 장운이 다가가 절을 하자 윤 초시가 반졌다.

"인사해라. 이쪽은 관아에서 비석을 다듬는 아저씨니라."

장운은 머리를 꾸벅 숙였다.

"장운이라 합니다."

"돌 만지는 솜씨가 제법이구나. 아버지가 돌을 깎았다던데, 아버지한테 배웠느냐?"

"예, 그렇습니다."

"돌 다듬는 게 좋으냐?"

"예, 돌이 모양을 잡아 나가면 가슴이 뛰고……. 하여튼 뭐라 말할 수 없이 기쁩니다."

사내는 장운을 지그시 바라보았다.

"너, 나하고 같이 일해 보겠느냐?"

"예?"

"손장난만 할 게냐?"

장운은 눈을 말똥거리며 사내를 올려다보았다. 윤 초시가 빙그레 웃었다.

"이 아저씨 밑에서 제대로 재주를 익혀라. 앞으로 먹고살 벌이도 될 것이야."

"정말입니까? 하, 할게요."

장운은 앞뒤 잴 것 없이 얼른 대답을 했다. 하고 나니 아버지가 떠올랐다.

"저어, 하지만 아버지가 몸이 불편해서⋯⋯."

"얘기 들었다. 틈틈이 다녀도 된다. 천천히 생각해 보고 언제든 찾아오너라."

"예, 고맙습니다."

대문을 나서자마자 장운은 한 손을 하늘로 내지르며 풀쩍 뛰어올랐다. 그러고는 뛰다시피 집으로 갔다.

장운이 흥분해서 하는 얘기를 듣고 아버지가 말했다.

"그 사람 재주는 나도 익히 들은 바 있다. 다들 점밭이라고 부르지. 제가 깎고 싶은 대로만 깎는 강고집이라 양반들도 호락호락 대하지 못한다더구나."

"예, 아버지. 언뜻 보기에도 예사롭지 않은 아저씨였어요."

"그 사람이 네 재주를 탐내는가 보구나. 나도 네 돌 깎는 손이 꽤 쓸 만하다는 생각을 했다. 잘하면 한 식구 건사할 밥벌이는 될 것 같구나."

장운은 가슴이 뛰었다. 기술을 배워 돌도 실컷 깎고 밥벌이도 할 수 있다면 이보다 좋을 수 없는 일이었다. 그러면 돈을 모아 누이를 데려올 수도 있을 것이다.

다음 날, 집에 온 오복이 이야기를 듣더니 흥분했다.

"야, 그 두꺼비가 정말 복 두꺼비네."

"그런가 봐."

"내가 처음부터 알아봤어. 이마에 '복'하고 딱 써 붙였던데, 뭐."

"뭐? 이마에 써 붙여?"

"허허허."

아버지가 목젖이 보이도록 웃었다. 눈초리의 굵은 주름도 같이 웃었다.

점밭 아저씨가 일하는 작업장은 장운이 사는 마을에서 산을 한 굽이 돌아 나간 곳에 있었다. 크고 작은 돌과 바위 들이 널려 있었다. 석수들이 여기저기에서 돌을 깨고 있었는데, 모두 일에 열중하여 장운이 다가가도 모르는 것 같았다.

장운은 점밭 아저씨를 찾아 여기저기 기웃거렸다. 섬세한 문양이나 글자를 새기는 사람들은 지붕이 있는 작업장에서 일하고 있었다.

"히야, 대단한 솜씨들이구나."

장운은 석수들이 깎아 놓은 여러 가지 돌을 보고 입을 다물지 못했다. 이에 대면 그동안 장운이 깎은 것들은 모양도 뭉툭하고 겉면도 거칠기 짝이 없었다. 장운은 돌사자를 깎는 석수의 손놀림을 보고는 넋을 잃을 지경이었다.

"와, 돌을 마치 나무 깎듯이 깎는구나."

점밭 아저씨는 비석에 작은 글자를 새기고 있었다. 장운이 꾸벅 절을 했다.

"음, 왔구나."

아저씨는 그뿐, 다시 일에 몰두했다. 다른 석수들도 다들 장운을 힐금 보고는 제 일에 열중했다. 장운은 어찌할 바를 몰라 어정쩡하게 서 있었다.

떠꺼머리총각 하나가 장운의 어깨를 툭 치더니 항아리를 쑥 내밀었다.

"저리로 돌아 나가면 샘이 있다. 물 좀 떠 와."

"아, 예."

장운은 말을 걸어 준 게 반가워서 얼른 항아리를 받아 들고 물을 떠 왔다. 떠꺼머리는 이름이 갑출이라 했다. 갑출이 씨익 웃으며 석수들 쪽으로 턱짓을 했다.

"아저씨들한테 한 사발씩 돌려."

석수들이 물을 받아 마시며 한마디씩 했다.

"이름이 뭐냐?"

"장운이라 합니다."

"점밭 눈에 든 걸 보니 돌 좀 깎겠구나."

"잘 가르쳐 주십시오."

"앞으로 물맛은 네 손에 달렸다."

"예? 아, 알겠습니다."

석수들 중에는 갑출처럼 나이 든 총각도 몇 있었다.

"장운이? 똘마니 이름이 어째 나보다 성님 같으냐? 마, 장 똘이 해라. 장똘아, 너 돌 좀 깎니?"

갑출은 말할 때마다 망치로 제 손바닥을 탁탁 쳤다.

"그냥 조금요."

장운은 갑출이 만만하게 대해 줘서 어색한 기분이 가셨다.

"상수야, 네 똘마니 와서 좋겠다."

상수라 불린 총각이 장운을 돌아보고는 조금 웃는 듯 마는 듯했다. 갑출 또래의 총각이었다. 장운이 목 인사를 했다.

"저 어른이 네 바로 위니까 너한테는 여기서 가장 무서운 분이시다."

갑출의 말에 상수가 돌아보고 피식 웃었다. 갑출이 갑자기 목소리를 낮췄다.

"상수 저 녀석은 점밭 친척인데, 우리처럼 상것이 아니고 중인이거든. 그래서 너희랑은 다른 신분이다, 하는 티를 좀 내지. 글 좀 안다고 비석 새기는 걸 배워."

갑출이 망치로 손바닥을 탁탁 치면서 점밭 아저씨 쪽을 슬쩍 보고는 또 목소리를 낮춰 말했다.

"너, 저 아저씨가 왜 점박인 줄 아냐?"

장운이 고개를 저었다.

"저 점 좀 봐라. 밭 한 뙈기는 되지 않겠냐?"

장운이 쿡 웃었다. 갑출이 엄지손가락을 세우며 목소리를
더 낮췄다.

"여기서 이거야. 성질은 얼마나 더러운 줄 알아? 너도 눈물
깨나 뺄 거다."

장운은 점박 아저씨를 돌아보았다. 땀으로 번들거리는 어
깨 위로 입을 꾹 다문 옆얼굴이 보였다.

석수들이 다듬을 돌을 옮기거나 물을 떠 오는 것과 같은 여
러 잔심부름이 장운이 할 일이었다. 그런 일이라도 장운은 신
이 났다.

여러 날이 지나서야 점박 아저씨가 장운을 불렀다.

"망치를 들어라."

"예."

"깨 보아라."

장운이 정을 돌에 대고 망치로 겨누었다. 아저씨가 장운의
손을 잡고 방향을 틀었다.

"정을 대는 방향이나 힘을 주는 정도를 손끝으로 느낄 수

있어야 한다."

"예."

점밭 아저씨는 커다란 돌에 정을 대고 바라는 각도로 정확히 깨도록 연습을 많이 시켰다. 장운은 하루 종일 자투리 돌로 깨는 연습만 하기도 했다.

"석수는 손이 눈이고 귀이고 입이다."

장운은 손으로 보고 듣고 말할 수 있도록 온 신경을 손에다 모았다. 고된 일이지만 가슴은 터질 듯이 뿌듯했다.

"돌은 다 제 성질이 있다. 제 성질에 맞춰 주면 저도 내 손을 따라 준다. 안 그러면 성깔을 부리지. 유능한 석수라면 돌을 달랠 줄 알아야 한다."

점밭 아저씨가 장운의 어깨를 툭툭 쳐 주고 갔다. 장운은 여기서 잘 배우면 꼭 훌륭한 석수가 될 수 있겠다는 생각에 가슴이 벅찼다.

고개를 돌리다가 이쪽을 보고 있는 상수와 눈이 딱 마주쳤다. 상수가 장운을 쏘아보고는 몸을 획 돌렸다. 장운은 저만치 걸어가는 점밭 아저씨를 한번 보고는 다시 상수를 돌아보았다. 상수는 벌써 돌아앉아 망치를 두드리고 있었다. 팔을 올렸다가 내리칠 때마다 넓적한 등이 흔들렸다. 장운은 상수의 등을 한참 바라보다가 망치를 다잡았다.

상수는 왜 그런지 처음부터 장운을 마뜩지 않아했다. 그래서 장운은 상수를 대하기가 편하지 않았다.

저녁을 먹고 나면 장운은 낮에 일터에서 들은 것을 떠올려 종이에 꼼꼼히 적었다. 그러고는 몇 번이고 읽었다. 글을 읽으면 낮에 만진 돌의 느낌이 손에 되살아오는 것 같았다.

"뭘 그리 읽어?"

오복이 들어왔다. 뒤이어 난이도 왔다.

"응, 낮에 배운 거 적어 두는 거야. 잊어버릴까 봐."

난이가 또박또박 읽었다. 오복도 고개를 쑥 내밀고 같이 읽었다.

"햐, 글이란 게 참 좋네. 이렇게 써 두고 익히면 정말 공부가 되겠다."

"그래, 나중에 다른 사람한테 보여 줄 수도 있고."

난이가 오복에게 종이를 건네주며 말했다. 장운이 고개를 끄덕였다.

"그렇지. 다른 사람들도 이 글자를 다 알게 되면……. 할아버지가 곧 그렇게 될 거라고 하셨어."

"정말 그렇게 될까?"

난이가 고개를 갸웃하며 물었다.

"글쎄, 잘 모르겠어."

"내리치는 힘이 온전히 정에 전달되도록······. 음, 음. 돌 깎는 게 이게 그냥 깎는 게 아니구나."

오복이 글을 읽으며 거듭 고개를 끄덕였다.

"자, 잘 봐라. 여기 내가 해 놓은 것하고 똑같이 팔 수 있겠니?"

판돌이라 불리는 사내가 장운에게 커다란 돌 하나를 가리키며 물었다.

돌 한가운데에 네모 모양의 홈이 파여 있었다. 그 양쪽에 같은 간격으로 표시 네 개가 더 있었다.

"예, 할 수 있어요."

"그래, 그럼 어디 한번 보자. 딱 요 자리에 똑같이 파라. 야질을 할 거니까 자리가 조금이라도 어긋나면 안 된다."

"야질요?"

"그래. 여기다 홈을 파서 나무를 박아 넣은 다음 물을 부어 불릴 거다. 그러면 나무가 점점 불어나면서 돌이 쩍 갈라지지. 그걸 야질이라고 한다."

"아, 예에."

장운이 망치를 들었다. 판돌이 아저씨가 망치 든 손을 제대로 잡아 주었다. 조심조심 돌을 깨는데 판돌이 아저씨가 일하는 사이사이 장운이 파는 것을 살폈다.

장운은 석수들이 돌의 윤곽을 잡는 것이며, 단단한 돌에다 부드러운 곡선을 만들어 내는 것을 주의 깊게 보았다. 대단한 기술이고 정성이었다. 장운은 하나도 빼놓지 않고 눈에 담았다.

아버지는 허리 아픈 것이 좀 더하다가 덜하다가 하면서 그런 대로 기력이 괜찮은 편이라, 장운은 마음 놓고 돌도 깎고 나무도 했다. 봉구 아저씨가 두어 달에 한 번씩 덕이 소식을 전해 주었다.

장운은 여느 때처럼 아침 일찍 나뭇짐을 해 주고 나서 일터로 갔다. 상수가 물 항아리를 들고 가다가 장운을 보고 가로막아 섰다.

"너는 일하러 오는 거냐, 놀러 오는 거냐? 해가 어디 있는지 보이냐?"

상수는 물 항아리를 장운에게 안기고는 휙 돌아서 가 버렸다. 장운은 머쓱해서 잠시 서 있다가 물을 뜨러 갔다.

장운이 늦게 가니까 아침나절에 해야 하는 잔일들을 상수가 많이 했다. 새벽에 나무해 주고 나서 서둘러 가도 늘 다른 사람보다 한참 늦었다. 점밭 아저씨가 사정을 봐주고 있는 터라 상수는 내놓고 말은 못 하고 장운에게 늘 심통맞게 굴었다.

장운이 재빨리 물을 떠다가 한 사발씩 돌렸다.

"아저씨, 물요!"

"아따 그 녀석, 몸 한번 날래네."

장운이 부어 주는 물을 받고 상수는 고개를 돌렸다. 장운은 망치를 들고 못 쓰는 돌을 깨며 손을 풀었다.

"사자 깎을 돌이다. 삐죽이 튀어나온 부분을 대강 쳐 내라."

상수가 돌 하나를 가리켰다. 장운은 힘의 방향과 균형을 생각하며 돌을 깨기 시작했다. 이제 초벌 다듬기 정도는 곧잘 했다.

'따닥따닥.'

일터에는 돌 깨는 소리만 울렸다.

"으읍!"

장운이 소리를 지르다 삼켰다. 돌 한 귀퉁이가 뭉텅 떨어져 나간 것이다. 상수가 휙 돌아보았다. 장운이 하얗게 질려 꼼짝을 못했다. 몇 번을 때려도 조금씩밖에 안 깨지기에 망치에 힘을 약간 더 주었더니 그만 팍 깨져 나가 버린 것이다.

상수가 다가와 눈썹을 곤두세웠다.

"돌을 깨면 기술이지만 돌이 깨지면 사고야."

장운은 입도 못 떼고 어쩌면 좋으냐는 눈으로 상수를 올려다보았다.

"너한테 맡긴 내가 잘못이지. 저리 가서 연습이나 더 해."

상수는 비웃듯이 쪼가리 돌이 쌓인 곳으로 턱짓을 했다. 장운은 돌 앞에서 주춤주춤 물러났다.

"그럼 그렇지. 별 재주도 없는 게……."

장운의 뒤통수에 상수의 말이 비수처럼 꽂혔다. 뜻밖에도 상수는 일을 크게 만들지 않았다. 그러나 웃을 듯 말 듯하던 상수 표정이 오히려 더 장운의 가슴을 할퀴는 것 같았다.

장운은 종일 돌에 집중했다. 힘을 고르게 안배하는 일이 얼마나 중요한가를 생각했다. 그것은 마음을 고르게 안배하는 것과 같았다. 초조해하지도 말고 서두르지도 말고……. 그것이 초벌 돌이었기에 망정이지 석수들이 다 다듬어 놓은 돌이었으면 어쩔 뻔했나를 생각하고 장운은 자기도 모르게 가슴을 쓸어내렸다.

점밭 아저씨는 종일 모른 체하다가 문득 와서는 뭔가를 가르쳐 주었다. 시범을 보이며 선을 아름답게 파는 기술을 가르쳐 주기도 했다.

"거미줄 같은 선 하나라도 거기에 살아 움직이는 힘이 들어가지 않으면 안 된다. 삐친 점 하나가 사자 한 마리보다 더 힘차야 한다."

장운은 한마디도 놓치지 않고 새겨들었다. 이것저것 배운

것을 적은 종이가 제법 많아졌다. 장운은 틈틈이 종이를 꺼내 읽었다.

장운이 일을 거들고 나면 점밭 아저씨가 많지는 않아도 몇 푼씩 주었다. 거들기보다는 일을 배운다는 쪽이 더 맞는 말이니만큼 아마도 관아에서 주는 건 아니고 점밭 아저씨가 장운을 생각해서 주는 것 같았다. 그 돈은 몇 번인가 달걀을 산 것 말고는 쓰지 않고 모았다. 항아리에 담긴 몇 안 되는 엽전을 보며 장운은 누이 데려올 생각에 가슴이 뿌듯했다.

"너, 노비였다며?"

일을 마치고 돌아오는 길에 웬일로 상수가 따라붙는다 했더니 불쑥 내뱉었다. 상수는 알고 보니 윤 초시 댁 앞마을에 살았다. 돌아오는 길이 같아도 상수는 한번도 같이 가자 한 일이 없었다. 일이 끝나면 뒤처리는 갑출과 상수, 장운이 맡아서 하는데 대강 마치면 상수는 늘 먼저 손을 털고 가 버리곤 했다.

"노비 출신치고는 출세했다? 손재주 좀 있어 가지고 우리 일터엘 다 들어오고."

장운은 화가 불끈 솟았지만 대들 수는 없는 노릇이었다.

"점밭 아저씨가 우리 먼 친척 되는 거 알지? 사실 우리 같은 중인은 이런 일 잘 안 해."

"……."

장운은 대답하지 않았다. 상수가 무슨 말을 하려는 건지 뻔했다.

"비석이나 공덕비 같은 건 글을 알아야 맡을 수 있지. 그러니까 점밭 아저씨 같은 사람이 특별히 하는 거야. 비석 글을 뭐 돌 깨는 기술만 가지고 새길 수 있겠냐?"

장운이 말이 없자 상수는 김이 빠지는지 돌멩이를 걷어찼다.

"나는 인마, 점밭 아저씨 뒤를 이을 거야. 후계자라고."

장운은 말없이 걸었다.

"네 사정 어렵다고 아저씨가 좀 봐주는 모양인데, 그래 열심히 해 봐라. 잘만 하면 노비 출신이라도 축대나 계단 기술자 정도는 안 되겠냐?"

장운은 주먹을 불끈 쥐었다. 화를 참느라 얼굴이 달아올랐다.

"그리고 웬만하면 일찍 좀 다녀라. 견습 주제에 제 일 다 하고 다니는 꼴이라니……."

상수는 갈림길이 나오자 휑하니 가 버렸다. 장운은 입술을 깨물고 상수 등을 노려보았다.

'참자, 일터 윗자리한테 대들면 끝장이다.'

장운은 숨을 몰아쉬고는 마구 달렸다. 참자, 참자 하며 내달렸다.

장운은 약재 영감 집에 내내 나무를 해다 주었다. 장운이 약값 대신 해다 준 나뭇짐이 흡족했는지 약재 영감은 나무를 계속 해 오라 했다. 그러면서 가끔 아버지 드리라며 약을 꾸려 주었다.

약재 영감 집에 나뭇짐을 부리러 갔더니 난이가 맷돌에 콩을 갈고 있었다.

장운은 얼른 나뭇짐을 내려놓았다.

"내가 좀 돌려 줄까?"

"그래 줄래?"

장운이 맷돌을 돌리고 난이가 숟가락으로 불린 콩을 떠 넣었다. 콩이 뽀얗게 갈려서 아랫돌의 홈을 타고 흘러내렸다.

"두부 만들 거니?"

"응. 비지도 해 먹고."

"침 넘어간다."

"한 사발 줄게."

"이왕이면 큰 사발로 줘."

"하이고, 알았네요."

둘이서 한창 콩을 갈고 있는데 방에서 약재 영감이 나왔다. 영감은 장운이 난이와 함께 앉아 맷돌 돌리는 걸 보자 눈살을 찌푸렸다. 장운은 좀 머쓱하여 손을 놓고 일어섰다. 난이는 어물쩍 부엌으로 들어갔다.

"나무해 왔느냐?"

"예."

"너 요새 돌 깎으러 다닌다면서?"

"예, 어르신."

"잘됐구나. 아비는 거동을 좀 하느냐?"

"예, 덕분에 그만그만합니다."

"에헴, 애썼다. 가 보아라."

"예, 안녕히 계십시오."

저녁에 난이가 두부와 비지를 들고 왔다. 아버지는 오랜만에 순두부를 맛나게 먹었다. 난이와 이야기를 나누면서도 장운은 약재 영감의 찌푸린 얼굴이 떠올라 기분이 좀 울적했다.

9. 꼭 데리러 갈게

바람이 점점 차졌다. 장운은 어머니 기일이 다가오는 걸 생각하며 장에 나가 북어 한 마리라도 사 와야겠다고 생각했다.

마을 사람들에게 나무해 주고 받은 무로 진작에 동치미는 담가 놓았고, 나머지는 겨우내 먹으려고 마당 한 귀퉁이에 움을 파서 묻어 놓은 터였다. 게다가 난이가 나무 값이라며 배추김치를 한 단지 담가 주어 겨울 준비는 대충 되어 있는 셈이었다.

"장운아, 너 나하고 덕이한테 안 가 볼래?"

겨울이 되어 한가해졌는지 부쩍 자주 놀러 오는 오복이 어느 날 뜬금없이 말했다. 장운은 놀라서 벌떡 일어났다. 종살이

하고 있는 덕이를 찾아간다는 건 감히 생각도 못했다.

"갈 수 있을까? 가면 만날 수 있을까?"

"먼 데서 동생이 왔다는데 설마하니 내치기야 하겠어?"

"그러면 얼마나 좋을까."

"이번에 봉구 아저씨 갈 때 따라가자. 모레 가신다더라."

방문이 벌컥 열렸다.

"어딜 간다고?"

아버지가 방 안에서 들었는지 불편한 다리를 엉거주춤 추스르며 문에 바싹 다가앉았다. 장운은 오복과 같이 방으로 들어갔다.

"아저씨, 제가 장운이 데리고 덕이 한번 만나러 가 보겠습니다."

"참말이냐?"

"예, 이틀이면 다녀올 수 있답니다."

"하이고, 만나 볼 수만 있다면 얼마나 좋을꼬."

장운은 마음이 바빠졌다. 일터에 빠진다는 허락도 받고, 나무해다 줄 곳에 부리나케 해다 주고, 이틀 동안 아버지가 먹을 밥을 하고 뭇국도 끓였다. 장작도 아버지가 쉽게 땔 수 있도록 아궁이 옆에다 준비해 놓았다.

이른 아침 빈 들판에는 칼바람이 쌩쌩 불었다. 마을을 벗어나 한참을 걸었다. 봉구 아저씨가 인절미를 한 조각씩 나눠 주었다.

"이게 꽤 요기가 된다."

딱딱하게 굳은 떡이 씹을수록 구수했다.

처음으로 시끌시끌한 데서 국밥이란 걸 사 먹었다. 장운과 오복은 서로 눈 한번 마주칠 틈도 없이 허겁지겁 맛있게 먹었다.

"저 무심천만 건너면 거의 다 온 거다."

"저게 무심천이에요?"

봉구 아저씨가 가리키는 곳을 보니 제법 넓은 내가 흐르고 있었다.

작은 거룻배 한 척이 사람 둘을 싣고 건너편으로 가고 있었다. 장운 일행이 냇가에 다다랐을 때 거룻배는 건너편에서 사람을 내려놓고 있었다.

"어—이!"

봉구 아저씨가 소리를 질렀다. 사공이 손을 흔들었다. 배는 천천히 이쪽으로 건너왔다. 봉구 아저씨가 먼저 훌쩍 뛰어 타고는 손짓을 했다.

"으아앗!"

장운이 발을 내딛자 배가 기우뚱했다. 겨우 균형을 잡고는 얼른 배 바닥에 주저앉았다. 오복은 가볍게 배에 뛰어올랐다.

사공이 곧장 긴 삿대로 냇바닥을 밀어냈다. 장운은 흐르는 물살을 보자 어질어질하였다.

봉구 아저씨는 사공과 친한지 이 사람 저 사람 안부를 나누었다. 배는 금방 건너편 둑에 닿았다.

한참을 더 걸어서 어둑해지고 나서야 기와집이 죽 늘어선 마을에 닿았다. 봉구 아저씨를 따라 들어간 집은 그리 크지는 않았지만 대문을 지나 마당 안에 또 문이 있었다.

장운은 하인이 권하는 대로 문간방 쪽마루에 앉았다가 잠깐을 못 참고 안쪽으로 난 문을 자꾸만 기웃거렸다. 초조하도록 기다린 뒤에야 덕이가 나타났다.

"장운아, 참말로 네가 왔구나!"

"누이야!"

장운이 덕이를 얼싸안았다.

"많이 컸구나. 그새 불쑥 장정이 됐네."

덕이는 장운의 손을 잡은 채 말을 못 잇고 눈물을 주르륵 쏟았다. 얼굴은 큰아기 티가 나는데 몸이 많이 여위고 손등이 거칠었다. 장운은 덕이가 고생하는구나 싶어 가슴이 짠했다.

"오복아, 고맙다. 아버지하고 장운이를 잘 돌봐 줘서……. 정말 고맙다."

"돌보기는 뭐……."

오복은 머리를 긁적이며 웃었다.

"아버지가 부축 없이도 뒷간에 가신다는 게 정말이지?"

"응, 우리한테 짐이 안 되어야겠다 싶은지 애를 많이 쓰셔."

봉구 아저씨가 나오더니 세 사람을 보고 흐뭇하게 웃었다.

"나는 들를 데가 많아서 먼저 가야겠다. 너희끼리 돌아갈 수 있지?"

"예, 아저씨. 고맙습니다."

덕이가 몇 번이고 인사를 하며 배웅했다. 장운은 오복과 함께 덕이를 따라 작은 행랑으로 갔다.

"여기서 쉬어. 동생이 왔다니까 집사 아저씨가 내어 주셨다."

곧이어 덕이가 밥상을 내왔다.

"배고프지? 어서 먹어. 부엌 아주머니가 차려 주셨어."

얼마 만인가, 이렇게 밥상을 같이해 본 게. 장운은 꿈만 같았다. 고봉으로 담은 밥에 반찬도 몇 가지 되었다.

"힘들지?"

장운과 오복이 한꺼번에 물었다.

"아니, 힘들긴 뭐."

"남의 집 일을 하는데 왜 안 힘들겠어?"

오복이 말을 받았다.

"아니라니까. 이 댁 노할머니가 노환으로 누워 계시는데 내가 병 수발을 든다. 잠도 같이 자. 이제는 내 손 아니면 안 된다고 아씨 마님이 나한테 잘해 주서."

덕이는 대소변 받아 내는 것은 물론이고, 몸도 닦아 주고 밥도 먹여 드리고 말동무도 해 주면서 하루를 보낸다고 했다.

장운이 돌 거북을 하나 내놓았다.

"자, 누이 방에 놓아둬."

"정말 거북이 같다. 이게 네가 깎은 거란 말이지?"

덕이는 어머, 어머 하면서 거북과 장운을 번갈아 보았다. 장운이 어깨를 으쓱했다.

"장운아, 편지로 집 소식을 듣고 사니까 얼마나 마음이 놓이는지 몰라."

"맞아. 아버지도 얼마나 한숨을 돌리시는데. 우리가 그 글자 덕을 톡톡히 보네."

"오복이 네 편지까지 받게 될 줄은 몰랐어."

"내가 글자를 안 배울 수가 없었지."

셋은 소리 내어 웃었다.

"나, 자리 오래 못 비운다. 할머니가 밤에도 거의 못 주무셔서 이것저것 봐 드려야 돼. 좀 이따 다시 올게."

덕이가 밥상을 들고 나갔다. 장운과 오복은 우물가에서 손발을 씻고 들어와 이불을 깔고 발을 쭉 뻗었다. 한참 뒤에 덕이가 홍시 몇 개를 가지고 다시 왔다.

"할머니가 주셨다."

"누이야, 진작에 와 볼걸 그랬어. 이렇게 보니까 마음이 푹 놓여. 누이가 혹시 매라도 맞지 않을까 얼마나 걱정했다고."

덕이가 고개를 가로저으며 웃었다. 아버지 이야기, 편지 이야기, 돌 깎는 이야기, 점밭 아저씨 이야기, 덕이는 한 해 동안 궁금했던 것을 다 풀려는 듯 이것저것 물었다. 그러고는 이부자리 밑에 손을 넣어 방바닥이 따뜻한지 살피고 서둘러 일어났다. 자리 비우기가 쉽지 않은 것 같았다.

"그럼 푹 쉬어. 아침에 올게."

오복은 덕이를 따라 나가 한참 동안 들어오지 않았다. 장운은 벌렁 누웠다. 뜨뜻한 방에 누우니 노곤했다. 종일 걸어서 피곤한데도 덕이를 만나 흥분한 탓인지 잠이 오지 않았다. 오복이 들어와서 옆에 누웠다. 한참을 뒤척이더니 낮은 소리로 말했다.

"장운아, 지난해부터 방앗집에서 새경을 주는데 하나도 안 쓰고 모으고 있다. 그걸로 덕이 데려올 거다."

장운은 눈이 번쩍 뜨였다.

"이 집에서 잘해 준다고 하지만 종살이 아니냐. 누운 노인 대소변 받아 내고 수발하는 게 얼마나 힘든 일인데. 덕이 손

봤지? 말은 그래도 고생이 심한 것 같다."

장운은 덕이의 거친 손이 떠올라 가슴이 아렸다. 오복이 갑자기 어른처럼 느껴졌다.

오복이 장운 쪽으로 돌아누웠다.

"덕이만 좋다면 너도 괜찮지? 장운아, 내가 열심히 일해서 네 아버지 잘 모실게. 나는 부모도 없잖아."

장운은 짐작은 하고 있었지만 막상 말로 들으니 기분이 이상했다. 든든한 것 같기도 하고 섭섭한 것 같기도 하고.

다음 날, 아침 일찍 어떤 아주머니가 아침상을 들고 왔다. 낮에 먹을 주먹밥도 있었다.

"덕이 동생이라며? 아이고, 인물도 좋다. 그런데 누이를 저 고생을 시켜 어쩌나?"

장운의 얼굴이 굳어졌다. 아주머니는 수다스러웠다.

"노할머니 성정이 얼마나 까탈스러운지 덕이가 하루 종일 엉덩이 붙일 틈이 없다."

장운은 밥이 목에 꺽꺽 걸리는 것 같았다. 오복도 아무 말 없이 숟가락질만 했다. 둘은 밥상을 물리고 나와 바깥마당을 서성거렸다.

덕이가 오더니 버선 몇 켤레를 보따리에 넣어 주었다.

"자투리 천으로 틈틈이 만들어 두었던 거야."

오복에게도 따로 한 켤레 주었다.

"내 것도?"

오복의 얼굴이 함지박이 되었다.

"어머니 제사 잊지 말고 모셔. 아버지한테는 나 잘 먹고 편안하게 살더라고 꼭 전해."

덕이는 결국 눈물을 쏟았다. 장운은 덕이의 거친 손을 꼭 잡았다.

"누이야, 조금만 더 참아. 내가 꼭 돈 모아서 데리러 올게."

장운은 눈물이 날까 봐 짐짓 제 가슴을 툭툭 쳐 보였다.

돌아오는 길에 북어포와 술을 샀다. 아쉬운 대로 제사를 지낼 수 있게 되어 다행이었다.

아버지가 마을 앞 당산나무까지 와서 기다리고 있었다.

"아버지, 어떻게 여기까지 나오셨어요?"

"덕이는 잘 있더냐? 얼굴이 어떻더냐?"

"잘 있습니다. 걱정 안 해도 되겠어요."

"정말이냐? 정말로 고생은 안 하고 있더란 말이지?"

"예, 아버지."

"아이고, 덕아."

덕이 만난 이야기를 들으며 아버지는 웃다가 울다가 하더니 덕이가 준 버선을 받아 들고는 기어이 "크윽 크윽" 소리 내어 울었다.

겨울이 지나고 날이 풀리자 산에 나물들이 뾰족뾰족 올라왔다. 장운도 나무하러 가서 곧잘 두릅, 고사리 순, 취를 뜯어 와 밥상에 올렸다. 땅의 새 기운 덕분인지 아버지도 한결 건강해졌다.

얼어붙었던 돌들이 숨을 쉬면서 작업장에도 일이 많아졌다. 아직은 날씨가 쌀쌀한데도 돌과 씨름하고 있으면 굵은 땀방울이 목을 타고 흘러내렸다. 장운은 망치를 더 야무지게 잡았다.

"너희 집 뒷간 앞에 세울 거냐?"

갑출과 같이 정원에 세울 석등 받침대에 매화 문양을 돋을 새김으로 파고 있는데, 점밭 아저씨가 한마디 툭 내뱉고는 뭐라 대꾸할 새도 없이 가 버렸다.

"휴, 언제 점밭한테 칭찬 좀 들어 보나?"

갑출이 망치를 툭 내던졌다.

"딴에는 매끈하게 다듬는다고 했는데도 어째서 아저씨들 것처럼 멋스럽지가 않을까?"

"인마, 그게 다 밥그릇 차이라는 거다."

"성도 나처럼 많이 굶었어?"

"뭐?"

"나는 하도 굶어서 밥그릇이 좀 모자라거든."

"그래, 굶은 게 자랑이다."

"헤헤헤."

"면을 고를 때는 망치질을 헛짓한다 싶을 정도로 살살 해야
돼. 망치로 치는 듯 안 치는 듯 오래오래. 둥근 홈을 팔 때도 그
렇고."

지나가던 곰보 아저씨가 슬쩍 말을 건넸다. 갑출이 다시 망
치를 들어 제 손을 탁탁 치며 대꾸했다.

"에이, 감질이 나서요."

"그게 안 되면 장이가 못 되지."

곰보 아저씨가 씩 웃으며 지나갔다.

"헛짓하듯이라……."

장운은 천천히 고개를 끄덕였다.

10. 그분은 누구실까?

몇 달 사이 장운은 돌 깎는 솜씨가 부쩍 늘었다. 판돌이 아저씨 일을 제법 거들 정도가 되었다. 가을바람이 선선하게 불어서 돌 깎기도, 나무하기도 한결 수월해진 어느 날이었다.

장운이 나뭇짐을 내리기도 전에 윤 초시 댁 하인이 팔을 잡아끌었다. 안방에 들어가니 윤 초시 어른과 마님이 병풍 앞에 단정하게 앉아 있었다. 장운은 양반 댁 사랑에는 들어가 본 적이 있어도 안방에 들어와 보기는 처음이었다.

"거기 앉아라."

"예, 마님."

장운이 절을 하고는 무릎을 꿇고 앉았다. 방에는 문갑이며 삼층장이 단정하게 놓여 있었다. 문갑 위에 복 두꺼비가 손바닥만 한 방석을 깔고 앉아 있었다.

마님이 장운의 눈을 따라 두꺼비를 보며 웃었다.

"저 녀석이 있어서 아주 든든하구나."

장운이 얼굴을 붉히며 웃었다.

윤 초시가 종이와 붓을 내놓았다.

"네가 전에 썼던 글자인가 뭔가 한번 써 보아라."

"예?"

"전에 써 보였던 그 글자 말이다."

장운은 눈을 멀뚱거리다가 몇 자 써 보였다.

"아니, 이럴 수가……. 네가 누구한테 이걸 배웠다 했느냐?"

"산에서 만난 어떤 할아버지입니다."

"어디 사는 누구인지 모르느냐?"

"한양에서 오신 것 같은데 잘은……."

"그때가 언제더냐?"

"지난…… 지지난해, 예, 지지난해 늦여름입니다."

"지지난해 늦여름이라……. 그때면 나라님이 초정 약수 마을에 쉬러 오셨을 땐데, 그럼 그때 같이 온 분인가?"

마님이 손가락을 꼽으며 말했다.

"그렇지요. 임금께서 삼월에 한 번 오시고 윤칠월에 한 번 더 오셨지요."

"왜 그러십니까?"

장운은 영문을 몰라 얼떨떨했다.

"나라님이 새로 글자를 만들어 반포하셨는데, 바로 이것과 같으니라."

"예? 그럼 이것이 나라님께서 새로 만드신 글자입니까?"

"그렇구나. 어쩌면 그분이 나라님하고 가까운 어른일지도 모르겠구나."

"그 어른께서 이 글자는 온 백성이 다 쓸 수 있도록 만든 새 글자라 하셨습니다. 그럼 이제 백성들이 모두 이 글자를 쓰는 것입니까?"

"글쎄다. 처음 만들었을 때 대신들이 새 글자 쓰는 걸 반대하여 조정이 꽤 시끄러웠다고 하는구나. 그렇지만 임금님이 강력하게 밀어붙여서 결국 반포하셨단다."

"반대를 하다니요? 왜 그리했습니까?"

"그게 좀, 간단한 문제가 아니구나. 오랫동안 진서(眞書, 한문)를 써 왔으니……."

"참으로 쉽고 편리한 글자입니다. 그동안 누이와 이 글자로 편지를 주고받아서 소식을 알고 지냈습니다."

"편지를 주고받았다?"

마님이 놀라서 되물었다.

"예, 말하는 대로 다 글로 쓸 수가 있습니다."

장운은 늘 지니고 다니는 누이의 편지를 품에서 꺼내 보여 주었다. 마님이 편지를 들어 한참 동안 보고는 다시 내밀었다.

"어떻게 읽는고?"

장운은 편지를 바닥에 펴 놓고 한 자 한 자 짚어 가며 읽었다.

"꼭 말하는 것 같구나. 진서와는 쓰고 읽는 것이 전혀 다른 것이로고."

장운이 간단하게 글자 만드는 원리를 설명했다.

"누구라도 배우겠구나. 누구라도 하고 싶은 말을 쓸 수 있겠구나."

마님은 장운에게 이것저것 물었다. 윤 초시는 편지를 집어 들고 깊은 생각에 잠겼다. 조금 뒤에 장운은 절을 하고 물러나왔다.

장운은 천천히 걸으며 토끼 눈 할아버지를 떠올렸다. 웃으면 눈가에 굵게 주름이 잡히던 인자한 얼굴, 장운이 쓴 글을 보고 즐겁게 웃던 모습, 그립고 궁금했다.

'도대체 그분은 누구실까?'

다음 날 일찍, 장운은 지게를 메고 천천히 산에 올랐다. 정자에는 아무도 없었다. 장운이 돌로 눌러둔 편지가 젖었다가 말랐는지 쪼글쪼글해져 있었다. 장운은 바닥에 말라붙은 종이를 뜯어내고 새 편지를 눌러두었다.

할아바니믄 뉘시니잇고 이 글지 나랏님금니미 밍ㄱ수분 샛글지라 듣좁더시다

(할아버지는 누구십니까? 이 글자가 나라님이 만든 새 글자라 들었습니다.)

장운은 정자에 반듯이 앉았다. 눈 아래 펼쳐진 들판이 비스듬히 기우는 햇살을 받아 반짝였다. 할아버지 목소리가 들리는 듯했다.

'근심이라……. 산처럼 물처럼 많으니라.'

'그러냐? 누이도 쉽게 익히더냐?'

'허허, 너와 네 누이가 내 근심을 많이 덜어 주었느니라.'

그 말씀을 하며 흐뭇하게 웃던 얼굴이 떠올라 장운은 저도 모르게 빙긋 웃었다.

"할아버지, 지금 어디 계십니까? 왜 한번도 안 오십니까?"

장운은 시간 가는 줄 모르고 앉았다가 부리나케 산을 내려왔다. 입이 쑥 나올 상수 얼굴이 떠올랐다.

"우리가 쓰는 글자가 이번에 나라님이 새로 만드신 글자래."

저녁에 장운네 집으로 온 난이와 오복은 장운의 말에 어리둥절했다.

"그게 무슨 말이니?"

난이가 물었다.

"윤 초시 어른이 그러셨어. 나라님이 이 글자를 온 백성이 배우라고 반포하셨대."

"정말 이상하네, 그걸 어떻게 네가 먼저 배우게 됐을까? 그 할아버지가 도대체 누구신데?"

난이가 눈을 반짝이며 장운에게 바싹 다가앉았다.

"나도 궁금해 죽겠어."

오복이 고개를 갸우뚱했다.

"장운아, 아무래도 그분이 나라님과 가까운 분인가 봐. 안 그러면 반포도 하기 전에 어떻게 그 글자를 알았겠어?"

오복이 써 온 글을 같이 읽는데 장운은 자꾸 흥분이 되고 기분이 이상했다.

"장운아, 가슴이 벌렁벌렁해. 우리가 먼저 이 글자를 배웠다고 생각하니까……."

글을 읽다 말고 난이가 가슴에 손을 갖다 댔다.

"나도 그래. 우리가 꼭 특별한 사람 같다."

오복이 글자를 뚫어져라 보면서 말했다.

일터 식구들과 점심을 먹고 나서 쉬는 시간이었다. 장운은 막대기로 흙을 툭툭 퉁기면서 할아버지를 생각했다. 그러다 자기도 모르게 흙바닥에 글자를 썼다가 지웠다가 했다.

"너, 뭐 하냐?"

갑출이 수건을 털며 장운 앞에 앉았다.

"이게 뭐냐?"

"응, 글자."

"글자? 네가 무슨 글자를 써?"

"이거 새 글자야."

"아, 이번에 나라에서 새로 만들었다는 글자? 이게 그거 냐?"

"응, 바로 그 글자야. 성도 배울래?"

"우리 같은 사람이 무슨 글자를……."

갑출은 피식 코웃음을 쳤다.

"아니야. 백성들 모두 배우라고 만드셨대. 쓰기 편하고 배 우기도 쉬워. 봐, 이렇게 쓰면 '아', 이렇게 쓰면 '오'."

장운이 막대기로 흙바닥을 쓱쓱 그었다. 갑출이 고개를 갸 웃하며 관심을 보였다.

"뭐, 어려워 보이지는 않네."

장운은 쉬는 시간마다 갑출을 데리고 글자 놀이를 했다. 장운이 글자를 쓰면 갑출이 읽고 갑출이 쓰면 장운이 읽는 놀이였다.

"너희 만날 뭐 하냐? 애들처럼 흙장난이냐?"

곰보 아저씨가 다가왔다.

"글자 쓰는 거예요. 새 글자예요."

"새 글자? 그 글자를 네가 안단 말이냐?"

곰보 아저씨가 흙바닥을 내려다보았다.

"아저씨도 배워 보셔요. 재미있어요."

갑출이 곰보 아저씨를 끌어 앉혔다.

"우리 주제에 글은 무슨 글이냐? 과거 볼 일도 없는데."

곰보 아저씨가 고개를 저었다.

"말하는 대로 다 쓸 수 있다는 그 글자인가?"

판돌이 아저씨가 가까이 다가오며 흙바닥을 내려다보았다.

"예, 맞아요. 말하는 대로 다 쓸 수 있어요."

돌ㅎ 맛티 몯 믈 수울

(돌 망치 정 물 술)

장운이 한 자 한 자 쓰면서 읽자 다들 신기해하면서 관심 없

던 석수들까지 슬그머니 옆에 와서 섰다. 석수들이 하나씩 흙바닥에 글자를 따라 쓰면서 놀이에 끼어들었다. 하지만 상수는 거들떠보지도 않았다.

약재 영감 집에서 나뭇짐을 부리고 있을 때였다. 난이가 안 보여서 늘 놓던 곳에 대충 짐을 부렸다.

"저쪽으로 좀 반듯하게 부려 놓아라."

약재 영감이었다. 도통 안 하던 간섭에 장운은 놀라서 엉거주춤했다.

"네가 뭐 글자를 안다고? 쯧쯧, 말세군. 천한 것들까지 글 배우겠다 난리라니."

장운은 천한 것이라는 말에 심사가 뒤틀렸지만 참았다. 아무 말 않고 나뭇짐을 영감이 가리키는 곳으로 옮겼다. 난이가 물이 뚝뚝 흐르는 오지항아리를 이고 마당으로 들어섰다.

"장운이 왔구나."

"에헴!"

영감이 담뱃대 든 손을 돌려 뒷짐을 지고는 밖으로 나갔다. 장운은 난이를 본 척도 않고 나뭇짐을 반듯하게 세워 놓았다. 그러고는 지게를 둘러메고 돌아섰다.

"장운아, 부침개 좀 먹고 가."

"아니, 됐어."

장운은 '천한 게 어떻게 같이 먹겠니?' 하는 말이 튀어나오려는 걸 목구멍으로 삼켰다. 돌아오는 발걸음이 무거웠다.

'어휴, 이 속 좁은 자식. 그만 일로 난이한테 그러고 와? 그 영감 그러는 게 한두 번이냐?'

장운은 주먹으로 가슴을 팍팍 쳤다. 저녁 먹고 나서 난이가 오는가 하고 자꾸 밖을 내다보았다.

11. 장운아, 가거라

장운이 찬바람에 얼얼해진 귀를 비비며 일터로 들어서니 어쩐지 분위기가 어수선했다. 점밭 아저씨가 저쪽에서 팔짱을 끼고 생각에 잠겨 있었다.

"갑출이 성, 무슨 일이야?"

"야, 지난봄에 중전 마마가 돌아가셨잖아?"

"응, 그런데?"

"이번에 궁궐 가까운 곳에 중전 마마의 명복을 비는 절을 짓는데, 우리 가운데 여러 명이 거기 가게 되었대."

"궁궐? 점밭 아저씨도 가?"

"그럼. 점밭이 일을 맡게 돼서 석수들 데리고 가는 건데."

궁궐 가까이, 중전 마마의 명복을 비는 절……. 장운은 가고 싶었다. 한양에 가면 혹시 토끼 눈 할아버지를 만날지도 모른다. 장운은 점밭 아저씨에게 뛰어갔다.

"한양에 일하러 가신다면서요?"

점밭 아저씨가 팔짱을 낀 채 고개를 끄덕였다.

"저도 가면 안 될까요?"

"가고 싶으냐?"

"예, 거기서도 저같이 잔심부름하는 아이가 필요하지 않겠어요?"

"그래, 이번 일은 단순히 돌만 깎는 일이 아니다. 무엇을 깎아서 어디에 둘 것인가까지 모든 걸 생각하면서 해야 되는 일이라 막중하기 이를 데 없다. 큰 데서 일하다 보면 배울 게 많을 것이다. 품삯도 제대로 받을 거고."

점밭 아저씨도 들떠 있는지 전에 없이 말이 길었다.

"저도 가고 싶습니다. 꼭 데려가 주셔요."

"꽤 오래 집을 비워야 할 것이다."

"얼마나요?"

"대여섯 달은 족히 걸리지 않을까 싶다. 더 걸릴 수도 있고."

장운은 그만 기운이 쑥 빠졌다. 아버지를 두고 그렇게 오래 집을 비울 수는 없었다.

'누이만 있다면…….'

"천천히 생각해 봐라."

점밭 아저씨는 그렇게 말하고 지붕 친 작업장으로 갔다. 장운은 하루 종일 좋은 방법이 없을까 궁리했다.

'일을 배우고 품삯도 받는다면 누이도 빨리 데려올 수 있을 거야. 게다가 토끼 눈 할아버지를 만날 수 있을지도 몰라. 방법이 없을까?'

집에 오니 아버지가 자리에 누워 있었다. 장운은 가슴이 덜컥했다.

"아버지, 어디 편찮으셔요?"

"아, 아니다. 짚신 엮는다고 용을 좀 썼더니 허리가 또 아프구나."

"왜 무리를 하세요. 손목에 힘도 없으시면서."

"저걸 봐라. 제법 만들지 않았느냐?"

방 한쪽에 짚신 한 켤레가 있었다. 장운은 짚신을 가져다 이리저리 돌려 보았다. 꽤 괜찮게 만든 짚신이었다.

요즘 들어 아버지는 손목에 힘이 좀 붙었다며 짚신 엮기에 열중하였다. 한동안 엉성한 것 하나 만드는 데도 하루 종일 걸리더니 오늘 것은 제법 단단하게 엮여 있었다.

"잘 만드셨네요. 그래도 무리하지 마셔요. 허리도 그렇고 손목에 또 탈 나면 어쩌시려고요."

"괜찮다."

장운은 얼른 밥을 해서 상을 차렸다. 눈여겨보니 아버지는 왼손은 가만히 두고 오른손만 썼다. 역시 무리가 된 것 같았다. 장운은 아궁이에 군불을 넉넉히 때었다.

장운은 자리에 누워서 이리저리 생각해 보았다. 아무래도 한양에 가는 것은 어려울 것 같았다. 걸핏하면 편찮은 아버지라 마음을 놓을 수가 없었다. 아쉽지만 포기할 수밖에 없었다.

'다음에 기회가 또 있겠지.'

장운은 돌아누워 잠을 청했다.

일터는 한양으로 떠나기 전에 할 일들을 마무리하느라 몹시 부산스러웠다. 석수의 반 정도가 가게 될 거라고들 했다. 장운은 애써 한양 이야기에 끼어들지 않고 일만 했다.

"장똘아, 너도 같이 가면 좋은데, 섭섭하다."

장운이 점심을 먹고 나서 막대기로 흙바닥을 죽죽 긋고 있는데 갑출이 옆으로 와서 앉았다.

"다음에 가지, 뭐."

"그래, 넌 아직 어리니까."

"성은 한양 처음이야?"

"그래. 한양이라는 데가 말이야, 사나이가 한 번은 갔다 와야 되는 데거든.”

석수들이 하나 둘 모여들었다. 장운은 바닥에 ‘한양’이라고
썼다.

“아저씨들, 오늘은 한양 공부합시다.”

“그거 좋지.”

한야애 가아지라

님굼니미 사시누니라

(한양에 가자.

임금님이 사신다.)

사람들이 더듬거리며 읽고는 따라 썼다. 점밭 아저씨가 가
까이 와서 그 모습을 한참 보고 있었다.

장운이 일을 마무리하고 집에 갔더니 난이가 저녁상을 차
리고 있고 오복도 와 있었다.

“난이야, 집은 어떡하고?”

“응, 할아버지 외출 중이셔.”

“나는 안 물어보냐?”

오복이 웃으며 끼어들었다.

"성이야 뭐, 오면 오고 가면 가는 거지."

"이 녀석 봐라. 나한테 잘 보여야 할 녀석이 말이야."

"무슨 소리야, 성이 나한테 잘 보여야지."

"아닐 텐데?"

"자 자, 국 식겠다."

난이가 재촉했다. 아버지가 먼저 숟가락을 들었다. 밥상에 여럿이 둘러앉으니 장운은 마음이 푸근했다. 오랜만에 토란 국과 도라지무침이 오른 밥상이 푸짐했다. 아버지는 오늘따라 묵묵히 밥을 먹었다.

"아버지, 허리는 괜찮으셔요?"

"그럼, 아주 괜찮다."

"다행이에요. 늘 조심하셔요."

밥상을 물리고 장운이 얼른 설거지를 했다. 난이가 그릇을 닦아 살강에 얹었다.

"장운아, 이리 앉아라."

장운이 방으로 들어서자 아버지가 옆자리를 가리켰다. 오복과 난이도 나란히 앉았다. 장운은 어리둥절했다. 어째 좀 이상한 분위기였다.

"장운아, 한양 가거라."

"예?"

"한양, 가거라."

"아버지, 그걸 어떻게……"

"낮에 점뱅이 다녀갔다."

"점뱅이 아저씨가요?"

"그래, 정 어려운 형편인가 와 봤다고. 참 고마운 사람이다."

그러고 보니 점심 먹고 나서 일터에 점뱅이 아저씨가 내내 안
보였던 것 같았다.

'우리 집엘 왔었구나.'

"좋은 기회라고 하더라. 갔다 오면 여기서도 석수로 인정해
주고. 네가 손이 매워서 한 재목 할 것 같다면서 웬만하면 한
양엘 데려가고 싶다더구나. 내가 그 말을 듣고 어찌나 고맙고
마음이 뿌듯하던지……"

아버지는 거의 눈물이 글썽한 얼굴이었다.

"점뱅이 아저씨가 정말 그렇게 말했어요?"

장운은 내심 기뻤다. 일터에서는 한번도 칭찬 같은 걸 안 하
던 어른이었다.

"그래, 나도 들었다. 이 자식이 그냥 맹탕은 아니었나 봐."

오복이 장운의 귀를 잡고 쑥 잡아당겼다. 난이가 소리 내어
웃었다.

"하지만 한양 가는 건 좀……"

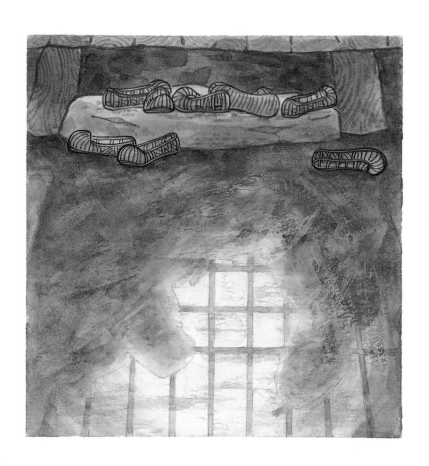

장운은 고개를 저었다. 오복이 장운의 어깨에 손을 얹었다.

"낮에 그 아저씨가 너희 집을 묻기에 길 안내 삼아 같이 와서 얘기 다 들었어. 그래서 난이랑 함께 의논 좀 했다. 아버지는 우리한테 맡기고 가도록 해."

오복이 단호하게 말했다.

"성이 어떻게 날마다 아버지를 돌보겠어?"

"이제 잘 움직이시잖아. 채소도 가꾸고 새끼도 꼬시는데, 뭘. 내가 날마다 여기서 잘게. 방앗집에서 일하는 사이사이에 물도 길어 놓고, 밥도 해 드리고. 걱정 마."

"안 그래도 돼. 다음에 누이 돌아오면 또 기회가 있을 거야."

"인마, 기회는 쉽게 오는 게 아니야. 이참에 석수로서 실력과 경험을 팍팍 쌓아야지. 난이도 있잖아."

"그래, 장운아. 대여섯 달이면 될 거라는데 그동안 우리가 못 모시겠니? 군말 말고 가서 실력 많이 키워 와."

난이까지 거드니 장운은 고마우면서도 난처했다.

"나야 이제 괜찮다. 오복이랑 난이가 조금만 거들어 준다면 아무런 불편이 없다. 둘한테 좀 미안은 하다만, 점밭도 그렇고 동무들이 이렇게 마음 써 주는 게 고마워서라도 다녀오너라."

아버지 말을 듣고 오복이 웃으며 장운의 어깨를 툭툭 쳤다.

"대신 공짜는 없다. 나중에 우리 아버지 어머니 산소에 비석 하나 새겨 줘."

"성……."

장운은 눈물이 핑 돌았다. 난이가 장운을 보고 환하게 웃으며 고개를 끄덕였다. 장운은 얼굴을 붉히며 주먹으로 눈두덩을 훔쳤다.

일터가 쉬는 날이었다. 장운이 윤 초시 댁에 나무를 해 갔다가 마님에게 불려 들어가 글자 공부를 하고 돌아오는 길이었다. 마님이 장운의 설명대로 또박또박 글자 쓰던 걸 떠올리며 장운은 한껏 기분이 부풀었다. 마님 방에서 나는 포근한 향내가 아직도 남아 있는 것 같았다. 장운은 혼자 걸으면서도 자꾸 웃음이 나왔다.

빈 지게를 지고 논두렁을 걷는데 논을 가로질러 오던 상수와 마주쳤다. 장운이보다 머리 하나가 더 큰 상수는 불룩한 망태기를 둘러메고 있었다.

"너, 요새 새 글자니 뭐니 하면서 아주 신이 났더라?"

장운은 또 무슨 트집을 잡힐까 싶어 몸을 움츠렸다.

"인마, 글이라는 게 아무나 쓰는 게 아니야. 양반이나 우리 같은 중인은 되어야 쓰는 거지, 너같이 노비 출신이 글은 무슨 글이냐? 웃기게."

"그 글자는 백성들 누구나 다 쓰라고 만든 거예요."

"누구나? 그 글자 못 써, 인마. 필요 없다고 다들 반대하는 글자야."

"윤 초시 댁 마님도 좋은 글자라고 하셨어요."

"호기심이겠지. 글자라는 게 한자처럼 점잖고 어려워야 글자지, 아무나 다 쓰면 그게 무슨 글자냐?"

"누구나 다 쓸 수 있으면 좋잖아요."

"좋긴 뭐가 좋아? 양반 상놈 구분도 안 되게. 그리고 양반들은 그런 거 안 써. 평생 배워 온 진서가 있는데 뭐 하러 그까짓 걸 새로 배우냐?"

장운은 입을 다물고 발길을 떼었다.

"네 주제에 뭐, 사람들을 가르쳐? 분수를 알아라. 네 신분을 좀 알란 말이다."

장운은 멈춰 섰다. 화를 참느라 숨이 거칠어졌다.

"왜? 내 말이 틀렸냐? 사람은 원래부터 신분이라는 게 있는 거다."

상수는 굳이 '신분'에다 힘을 주어 말했다. 그러고는 피식 웃으며 걸음을 옮겼다. 장운이 주먹을 부르르 떨었다.

"나는 노비가 아니에요."

장운은 소리를 지르며 발 앞에 있는 잔돌을 힘껏 찼다. 돌이 날아가 상수 허벅지에 맞았다. 상수가 고개를 휙 돌렸다. 이때를 기다렸다는 듯 뛰어와서 주먹을 날렸다. 때를 기다린 건 장운도 마찬가지였다. 서너 대 거푸 맞고 나서 장운도 주먹을 날렸다. 그러나 덩치로 보나 힘으로 보나 장운이 한참 밀렸다.

"노비 주제에 한양까지 가겠다 했다며? 천지를 모르고 나대는 놈."

상수는 장운에게 있는 대로 주먹질 발길질을 해 댔다. 장운은 입술이 터지고 코피가 나면서도 달려들었다. 넘어지면 일어나 달려들고 또 넘어지면 일어나 달려들었다. 그동안 말로 못하던 것을 몸으로 뱉어 댔다. 상수도 코피가 터졌다.

"질긴 놈."

상수가 질렸는지 먼저 손을 털고 씩씩거리며 뒷걸음질을 쳤다. 장운은 땅바닥에 양팔을 벌리고 누운 채 숨을 골랐다. 여기저기 쑤시고 얼얼하면서도 아주 시원했다.

저녁에 울적한 마음으로 마루에 앉아 있는데 난이가 왔다.

"너 싸웠다며? 괜찮니?"

"……."

"어쩌자고 그렇게 덤볐니?"

"……."

장운은 벽에 기대고 앉아 손가락으로 마루를 타닥타닥 쳤

다. 난이가 마루에 걸터앉았다. 난이도 중인집 손녀였다. 약재 영감의 찌푸린 얼굴이 떠올랐다.

'쳇, 중인이나 양민이나. 그딴 게 다 무슨 소용이야.'

장운은 난이를 흘깃 보고는 사립문께로 눈길을 주었다.

"한양 가거든 일 잘 배우고 몸 성하게 지내."

"……."

"아버지는 내가 자주 와서 돌봐 드릴게. 걱정 마."

"흥, 네 할아버지가 퍽도 좋아하시겠다."

장운은 공연히 엉뚱한 데 심통을 부린다 생각하면서도 말이 곱게 나오지 않았다.

"너 지금 투정하는 거지?"

난이가 눈을 흘기며 웃었다. 장운도 피식 웃고 말았다.

"할아버지는 내가 알아서 할게."

"네 할아버지 고집이 얼마나 센데……."

"자, 발라."

난이가 네모반듯하게 접힌 종이를 살살 폈다. 하얀 가루가 나왔다.

"상처 잘 아물게 하는 거야."

"됐어."

"발라 줘? 이리 와 봐."

난이는 무명 수건에 물을 묻혀 와서 상처를 닦아 내고는 하얀 가루를 공들여 솔솔 뿌렸다. 장운은 못 이기는 척 가만히 있었다. 기분이 한결 나아졌다.

"나 있지, 음."

난이가 망설망설하며 말을 꺼냈다.

"뭔데?"

"나, 약재 공부한다. 의원이 될까 생각하고 있어."

"의원? 정말이니?"

장운이 벽에 기대고 있던 허리를 벌떡 일으켜 세웠다. 난이가 당찬 표정으로 고개를 끄덕였다.

"할아버지하고 기본 약재 공부를 하고 나면 내년부터 의원 집에 다니면서 배우기로 했어. 힘들겠지만 열심히 할 거야."

"그래, 넌 잘할 수 있을 거야."

"진서 공부를 하는데, 많이 어려워. 그래서 새 글자로 약효나 약재 다루는 요령을 써 두려고 해. 네 종이 책처럼. 내가 아는 진서만으로는 하나하나 적기가 힘들거든."

"그래. 지금까지 쓴 것도 다 약초 이야기잖아. 모으면 책이 되겠다."

장운은 약재가 주렁주렁 매달린 방에서 난이가 약 처방을 줄줄 써 내려가는 모습을 상상해 보았다.

"너라면 꼭 좋은 의원이 될 거야."

장운은 난이를 바로 보며 진심으로 말했다.

"고마워. 너도 훌륭한 석수가 될 거야."

난이가 보퉁이에서 뭔가를 꺼냈다.

"자, 이거. 한양 가서 써."

종이를 묶은 책이었다. 장운은 종이 책을 받아 들고 놀라서 아무 말도 못 했다. 그저 난이만 바라보았다.

"뭘 그렇게 감격해하니? 한양 가면 쓸 게 많을 것 같아서 주는 건데. 그리고 이거는……."

난이가 주머니 하나를 또 내밀었다. 약초 이름이 씌어 있는 봉지 몇 개와 종이 몇 장이 들어 있었다.

"혹시 배탈이 나거나 다쳤을 때 써. 약 쓰는 법은 그 종이에 다 적어 놨으니까."

"벌써 의원 같네."

"그래 보이니?"

둘은 함께 웃었다. 장운은 가슴에 막혔던 게 쑥 내려가는 것 같았다.

방으로 들어가니 아버지가 장운과 난이가 나눈 얘기를 다 들었는지 걱정스러운 얼굴로 벽에 기대어 앉아 있었다. 장운은 얼굴이 붉어져서 허둥지둥 빗자루를 찾아 방을 쓸었다.

다음 날, 장운은 일터에서 상수를 보자 평소처럼 인사를 했다. 상수는 슬그머니 고개를 돌렸다. 물시중을 할 때도 말없이 사발을 받았다. 장운은 아무래도 그냥 있을 수가 없어 먼저 말을 건넸다.

"성, 어제는 미안했어요."

상수는 들은 척도 않고 그냥 일만 했다.

'저 정도 반응이면 괜찮은 편이지, 뭐.'

장운은 돌 앞에 앉아 허리를 반듯이 폈다.

장운은 한양으로 출발할 때까지 부지런히 나무를 했다. 산에 오르는 길에 어머니에게 인사를 했다.

"어머니, 저 한양 가요."

무덤 옆에 어린애 덩치만 한 바위가 하나 앉아 있었다. 장운은 그 바위를 볼 때마다 사자를 다듬으면 어머니를 잘 지켜 줄 것 같다는 생각을 했다. 그래서 한참을 보고 앉아 있기도 했다.

"어머니, 한양 다녀오면 꼭 사자 다듬어 드릴게요."

정자에 올라가서는 한양으로 간다는 편지를 돌에 눌러놓았다. 덕이한테는 한양에 일하러 간다는 편지를 써서, 봉구 아저씨에게 전해 달라고 부탁해 두었다.

윤 초시 어른이 나중에 나무 많이 해 달라며 곡식을 넉넉히

주어서 이래저래 양식은 모자라지 않을 것 같았다. 아버지가
짚신 열 켤레를 내놓으며 신고 가라고 했다. 장운은 아버지가
하루 종일 걸려 겨우 하나 엮었을 걸 생각하고는 가슴이 뭉클
했다.

12. 흙바닥 훈장

한양은 거리마다 다니는 사람이 많았다. 비단옷을 입은 사람도 많이 눈에 띄었다. 가끔 가마가 지나갔다. 사인교가 지나가면 모두 길옆으로 비켜서서 허리를 굽혔다. 장운 일행은 두리번거리느라 정신이 없었다. 점잖아 보이는 양반들이 자주 지나갔다.

'어쩌면 길에서 토끼 눈 할아버지를 마주칠지도 몰라.'

장운은 양반들 얼굴을 잘 살폈다. 갑출이 장운의 소매를 잡아당겼다.

"저기가 대궐이래."

높고 긴 담이 죽 이어져 있고, 큰 대문에 창을 든 군사 여럿이 지키고 서 있었다. 대문 앞 너른 마당에 갓 쓴 사람이 여럿 모여 웅성거리고 있었다. 장운은 뭔가 싶어 궁금했다.

"저 사람들은 양반 같은데 뭐 하는 거지?"

"새로 만든 글자로 과거까지 보겠다니 불평하고 있는 거지."

옆에 선 사내가 장운을 보지도 않고 혼잣말처럼 대답했다.

"왜 불평하는데요?"

"쉬운 글자를 쓰면 선비들이 진서 공부를 소홀히 할까 걱정이라는군."

"그게 무슨 말이에요?"

"글쎄다. 저러니 아무리 임금님이라도 새 글자를 널리 펴기가 쉽지 않을 거야."

"앗, 장똘아. 길 잃어버리겠다."

갑출이 장운의 소매를 잡아당겼다. 둘은 깜짝 놀라서 저만치 걷고 있는 일행을 좇아 허겁지겁 뛰었다.

절은 큰 뼈대가 다 지어져 있었다. 절 옆 마당에 있는 공사장에는 한쪽 가로 석재가 널려 있었다. 반대쪽으로는 목재가 쌓여 있고, 목수들이 대패질이며 나무를 다듬느라 한창 바빴다.

한양에 사는 석수들은 처음부터 와 있었다고 했다. 축대를 쌓고 돌계단을 만드는 등 벌써 일을 많이 해 놓았다. 갓 깎은 돌계단에 햇빛이 하얗게 튀었다. 장운은 가슴이 뛰었다. 이런 큰 절에서 일하게 된 것이 꿈만 같았다.

점밭 아저씨 일행이 맡은 일은 석등이나 절을 지킬 돌사자, 난간을 장식할 돌조각 같은, 절의 분위기를 그윽하게 마무리할 물건을 깎고 놓는 일이었다.

점밭 아저씨는 깊은 생각에 잠겨 자주 절 둘레를 어슬렁거렸다. 장운은 점밭 아저씨가 시키는 대로 기술자들을 도와 잔심부름도 하고 같이 돌을 깎기도 했다.

"자, 이것은 대웅전 앞마당에 세울 석등이다."

장운은 아저씨가 잡아 준 대로 석등 윗부분의 형태를 깎아 나갔다. 장운이 대충 모양을 내 주면 석수들이 섬세한 선을 내었다.

'내가 중전 마마의 명복을 비는 절에서 일하게 되다니……'

장운은 마음이 경건해졌다. 돌 깎는 손에 정성을 다했다. 대궐 앞에 모여 있던 선비들이 생각났다.

'중전 마마도 돌아가시고 애써 만든 새 글자도 두루 펼치기가 쉽지 않고……. 임금님은 참 슬프겠다.'

장운은 이내 머리를 흔들고 돌 깎는 일에 열중했다. 돌 하나하나를 공들여 다듬다 보니 자기 생각에도 솜씨가 많이 느는 것 같았다.

"네가 이제 어른 한몫을 하는구나."

판돌이 아저씨가 장운의 어깨를 툭 치고 지나갔다. 다들 하루 종일 돌과 씨름을 했다. 망치를 든 장운의 팔뚝이 눈에 띄게 굵어졌다. 검게 탄 어깨에 땀이 번들거렸다. 하루 종일 일하고 나면 저녁에는 녹초가 되었다. 그래도 낮에 깎은 돌 모양을 이리저리 떠올리면 기분이 좋았다.

장운은 저녁 시간이면 그날 한 일과 배운 것을 난이가 묶어준 종이 책에 빠뜨리지 않고 적었다. 먼저 적어 둔 것을 되풀이해서 읽기도 했다.

"도대체 그게 뭐냐?"

갑출이 장운이 옆에 와서 앉았다.

"아저씨들한테 배운 걸 적어 뒀어. 들어 볼래?"

"돌 굳기에 따라……. 와, 이게 다 배운 걸 적은 거라고?"

갑출은 종이 책을 한 장씩 넘겼다.

"이렇게 해 두면 여러 번 읽고 잊어버리지 않겠구나."

"그러게 형도 해 보라니까 그래."

"나도 한번……. 해 볼까? 상수야, 이리 와 봐."

"됐어."

상수는 짐 보퉁이를 꾸려서 한쪽으로 밀어 놓고는 나가 버렸다.

"저 녀석은 만날 혼자서 뭘 하는가 몰라."

쉬는 시간에 장운은 전에처럼 갑출과 글자 놀이를 했다. 장운이 땅바닥에다 막대기로 쓰면 갑출이 읽었다.

돌히 둔둔ᄒ다
남기 프르다
ᄉ지를 다둠다
부름미 ᄎ다
(돌이 단단하다.

나무가 푸르다.

사자를 다듬다.

바람이 차다.)

갑출에 이어 석수들이 하나 둘씩 글자 놀이에 끼어들었다.

"어이 흙바닥 훈장, 이거 맞아?"

판돌이 아저씨가 발밑에 글자를 써 놓고 장운을 불렀다.

"흙바닥 훈장요?"

장운이 웃었다.

"그래, 맞다. 흙바닥 훈장."

갑출이 손뼉을 딱 쳤다. 사람들이 "맞다, 맞아." 하며 웃었다.

어느 틈엔가 한양 석수 몇이 슬그머니 끼어들었다. 장운은 흙바닥에 길게 글을 쓰고는 판돌이 아저씨에게 읽어 보라 했다.

"아저씨는…… 돈 벌어서 술…… 다 마시면, 이게 뭐냐?"

판돌이 아저씨가 읽다가 말았다.

"집에 못 돌아가요."

갑출이 마저 읽었다. 사람들이 와하하 웃었다.

"이 녀석이 어른을 놀리네."

어젯밤에 늦게까지 술을 마셔서 아직도 코가 빨간 판돌이 아저씨가 장운의 머리를 잡고 흔들었다.

"아이고 아저씨, 훈장한테 이러면 어떡해요?"

사람들이 더 크게 웃었다.

석수들은 집을 떠나와 있어서 저녁이면 심심하고 적적했다. 그래서 더러 구경도 하고 술도 마실 겸 거리에 나가기도 했는데, 다들 주머니 사정이 넉넉지 않았다.

"우리 같은 무지렁이가 글을 쓸 수 있으니 이 글자가 참말로 좋네요."

한양 석수 하나가 제가 써 놓은 글자를 보면서 말했다.

"이렇게 편리한 글자를 양반들은 왜 반대했다는감?"

"뭐, 진서가 있는데 새 글자를 만들어 쓰는 건 오랑캐라나?"

곰보 아저씨가 좀 흥분하며 말했다.

"하이고, 진서야 일 안 해도 되는 양반들이나 배우지. 종일 일해야 겨우 입에 풀칠하는 우리가 언제 그걸 배운다고."

다들 고개를 끄덕이며 "그럼, 그럼." 했다.

"이제 이 글자로 씌어진 책이 나오면 우리도 글공부할 수 있겠네."

"그럼요. 논문서 집문서도 읽고 쓰고 할 수 있고요."

장운이 거들었다.

"제발, 읽을 문서가 있으면 얼마나 좋을꼬?"

"하하하, 그러게 말이다."

사람들 얼굴이 환했다. 장운은 누이와 처음 편지를 주고받게 되었을 때를 떠올렸다. 그때 자신이 그랬던 것처럼 사람들이 뭔가 또 다른 세상을 만나고 있는 것 같았다.

13. 돌에 피어나는 연꽃

　햇살이 하루가 다르게 뜨거워졌다. 석수들의 작품이 하나씩 모습을 드러냈다. 장운은 얼마 전부터 일터에 있는 돌덩이 하나를 주의 깊게 살폈다. 둥글넓적하게 생긴 것이 아주 편안해 보였다.

　'저 바위는 앉음새가 참 편안하구나.'

　여러 날을 오가며 눈여겨보다가 장운은 그 돌 안을 넓게 파서 확을 만들고 가장자리에 아름다운 연꽃잎을 새기면 어떨까 하는 생각을 했다. 뒷숲에서 흘러내리는 물길을 잡아 연꽃 확에 가득 채우면 좋겠다는 생각도 들었다.

　장운은 점밭 아저씨를 찾아갔다.

"아저씨. 저쪽에 있는 큰 돌, 저한테 맡겨 주시면 안 될까요?"

점밭 아저씨는 대답도 않고 하던 일을 계속했다. 장운은 좀 겸연쩍었다.

'내가 건방을 떨었나 보다.'

그냥 갈까 어쩔까 하는데 점밭 아저씨가 돌아보지 않고 짧게 물었다.

"뭘 할 건데?"

장운은 생각해 본 것을 더듬더듬 이야기했다. 점밭 아저씨는 하던 일을 멈추고 장운을 잠시 바라보았다.

"좋다."

"정말입니까?"

뜻밖에 쉽게 허락을 해서 장운은 도리어 얼떨떨했다.

"시작하면 책임도 져야 한다는 것 잊지 마라."

"열심히 해 볼게요."

점밭 아저씨는 대답 없이 다시 일을 시작했다.

"우아, 야랏차!"

장운은 한 손을 위로 내지르며 높이 뛰어올랐다. 판돌이 아저씨에게로 뛰어갔다. 연꽃 전문인 판돌이 아저씨는 대웅전 앞마당을 비롯해서 여기저기 놓일 석등 아랫부분에 연꽃을 새기느라 아주 바빴다. 아저씨가 새긴 연꽃은 막 피어난 것같이 섬세하고 아름다웠다.

"아저씨, 저도 연꽃 팔 거예요."

판돌이 아저씨가 고개를 들며 소매로 이마의 땀을 훔쳤다.

"누가? 장운이 네가?"

"예. 점밭 아저씨가 허락하셨어요."

"몇 번 거들더니 간덩이가 부었구나."

판돌이 아저씨가 점밭 아저씨를 건너다보았다. 점밭 아저씨가 저쪽에서 고개를 끄덕, 하고는 일을 계속했다. 판돌이 아저씨도 마주 고개를 끄덕였다.

"그래, 어디 한번 해 봐라."

"믿어 보세요."

장운은 다시 한번 팔을 휘둘러 기합을 넣으며 하늘로 솟구쳤다.

"야 야, 하늘에 구멍 나겠다. 고만 뛰어라."

장운은 갑출에게 뛰어갔다. 갑출은 사자 앞다리를 붙들고 구슬 같은 땀을 흘리고 있었다.

"성, 나 저기 저 큰 돌에 연꽃 파기로 했어. 내가 맡아서 해 보라고 점밭 아저씨가 그러셨다고."

"벌써 일을 맡아? 잘할 수 있겠어?"

"긴장은 좀 되지만 자신 있어."

갑자기 사자 뒤에서 곰보 아저씨가 불쑥 일어났다.

"아무래도 점밭이 너를 골탕 먹일 생각인가 보다."

"어? 아저씨 거기 계셨어요?"

"뒤에 숨어 있다고 꼬리를 소홀히 하면 안 되지."

장운은 사자 뒤쪽으로 갔다. 사자 꼬리가 곡선을 만들며 엉덩이 옆에 매끈하게 다듬어져 있었다. 장운은 저쪽에서 비석아랫단의 거북을 다듬고 있던 상수와 눈이 마주쳤다. 상수가인상이 구겨진 채 고개를 돌렸다. 장운은 웃음을 거두고 바로섰다.

장운은 윤 초시 댁 연못에서 피던 연꽃을 떠올리며 바위를이리저리 살펴보았다. 단단한 속을 파내는 데 여러 날이 걸렸다. 돌을 정신없이 두드리다 보면 어느새 옷이 땀에 흠뻑 젖어있었다. 이따금 아버지와 난이가 떠올랐다. 그럴 때마다 장운은 망치질을 더 세게 해 댔다.

"너는 네 일도 잊었냐? 아저씨들 물수건이 다 말랐잖아."

장운은 상수의 날카로운 목소리에 고개를 번쩍 들었다.

"아, 미안해, 성. 일하느라 깜박했어요."

"일? 누구는 일 안 하니? 네 일 맡았다고 내가 네 물심부름까지 해야겠냐?"

"그게 아니고……. 지금 할게요."

장운은 부리나케 아저씨들 어깨에 걸쳐진 땀수건을 걷어서 우물로 갔다. 장운이 연꽃을 맡으면서 자잘한 일들이 자주 상수 몫이 되었다. 미안하다면 참 미안한 일이었다. 장운은 초정에서부터 자꾸 상수와 일이 꼬여 마음이 편치 못했다.

장운은 다시 돌 앞에 반듯하게 앉았다. 이 큰 돌 안에 연꽃이 가득 들어 있다는 생각을 했다. 안에 감춰진 연꽃을 피어나게 하려면 꽃을 덮고 있는 돌을 깨 내야 한다. 장운은 숨을 깊이 들이마시고 가슴에 두 손을 모았다가 조심조심 불필요한 부분을 깨 나가기 시작했다.

돌이 한 점 한 점 떨어져 나가자 천천히 꽃잎 형태가 드러났다. 둥글불룩하게 꽃잎을 다듬는 일은 생각보다 훨씬 까다로웠다.

"딱딱한 돌로 그저 꽃 모양을 낸다는 생각은 말고 정말 꽃잎을 피운다고 생각해야 된다. 마음속에 꽃잎이 하늘하늘 흔들리는 느낌을 가지고 있어야 그런 꽃잎을 다듬을 수 있어."

판돌이 아저씨가 장운의 눈을 똑바로 보며 말했다. 이럴 때 아저씨는 전혀 딴 사람 같았다. 장운은 눈을 감았다. 물위에 단아하게 솟아 있던 커다란 꽃송이를 떠올렸다.

'하늘하늘한 느낌.'

장운은 갑자기 연꽃이 보고 싶었다. 벌떡 일어나 점밭 아저씨를 찾아 감독관과 책임자들이 묵는 초막으로 갔다.

"…… 어서 목재 일이 끝나야 단청을 입힐 텐데, 어찌 되어 가는가?"

초막에 다다르자 절 공사를 지휘하는 스님 목소리가 들려왔다. 이따금 총감독 아저씨의 목소리도 들렸다.

장운은 어른들 얘기하는데 들어가기도 뭣해서 그냥 서 있었다. 짚신 앞 축으로 흙바닥에 '아버지'나 '누이'를 썼다 지웠다 했다.

"여기는 웬일이냐?"

점밭 아저씨가 나왔다.

"저, 연꽃 한번 보러 나갔으면 해서요. 가까운 곳에 연못이 있는 걸 봤습니다."

"너무 오래 있지는 마라."

"예, 고맙습니다."

큰길에서 약간 벗어난 곳에 논이 있고 그 한쪽으로 연꽃이 가득 핀 꽤 큰 연못이 있었다. 장운은 연못 둘레를 천천히 돌았다. 연못가에 앉아 한참 동안 연꽃을 바라보기도 했다.

넓적한 이파리 위로 긴 목 줄기를 쳐올려 고결하게 핀 연꽃.

장운은 잦아드는 햇살에 살그머니 꽃잎을 오므리는 연꽃의 자태를 넋 나간 듯 보았다. 커다란 꽃잎은 부드러운 선 때문에 가만히 있어도 너울거리는 듯 보였다. 너울거리다가 안으로 살포시 모아들이는 선, 장운은 그 느낌을 눈과 마음에 담았다.

연못 저쪽 끝, 산 가까운 쪽으로 큰 느티나무 몇 그루가 있고 그 아래 정자가 보였다. 사람들이 여럿 앉아 있는 듯했다. 장운은 토끼 눈 할아버지 생각이 나서 자기도 모르게 발길을 그쪽으로 옮겼다.

장운은 정자에서 조금 떨어진 나무에 기대서서 기웃거려 보았다. 혹시나 하고 봤지만 할아버지는 없는 듯했다. 더 가까이 갔다가는 경을 칠 일이라 장운은 그대로 서 있었다. 격한 말소리가 들렸다. 장운은 바싹 귀를 기울였다.

"새 글자로 책도 쓰고 죄인들 죄목도 쓰라 하신답니다."

'또 새 글자 이야기구나.'

"새 글자 보급한다고 이것저것 많이 하는데, 그렇게 정사에 도움 안 되는 일에 시간을 빼앗겨서야, 원."

"그렇고말고요."

오가는 말이 겹치면서 소란스러워졌다. 장운은 살그머니 발길을 돌려 연못을 돌아 나왔다.

일터로 돌아오니 사람들이 벌써 일을 끝내고 갔는지 자리에 없었다. 상수가 뒷정리를 하고 있다가 장운과 맞닥뜨렸다.

"흥, 이제 일은 않고 나다니기도 하는군."

"허락받았어요."

"특별하다 이거냐?"

"그게 아니고……. 성, 이리 줘. 내가 할게요."

상수는 빗자루를 휙 던져 놓고 가 버렸다. 일터를 쓸고 나서 우물가로 가니 오지그릇에 일옷이 가득했다. 장운은 혼자 빨래를 했다. 상수와 둘이 하는 일인데 상수는 많이 틀어졌는지 나와 보지 않았다.

꽃잎 하나 피워 내는 데 꼬박 사흘이 넘게 걸렸다. 돌을 조심조심 깨어 내면 연꽃잎이 조금씩 피어났다. 장운은 돌 속에 웅크려 있던 꽃잎이 숨을 쉬며 천천히 깨어나는 것 같다는 생각을 했다. 그런 생각이 들자 망치를 든 손이 잠깐 떨렸다. 장운은 정을 다잡아 쥐고 꽃잎 끝에 조심스레 갖다 대었다.

절반 넘게 꽃잎을 피워 내자 연꽃 확의 형태가 제법 잡혀 가기 시작했다. 꽃잎이 하나씩 모습을 드러낼 때마다 장운은 가슴이 벅차올랐다. 부드럽게 맺은 꽃잎 끝이 장운의 마음을 그윽하게 했다.

절에는 아름답게 멋을 낸 돌계단이 놓이고, 탑이며 석등이

군데군데 자리를 잡아 가고 있었다. 장운은 일을 마치고 방에 들어가 누웠다. 보름달이 창호를 비추었다. 환한 창호 안에 아버지 얼굴이 떠올랐다.

'별일 없으시겠지?'

이내 누이의 얼굴이 어렸다가 난이의 얼굴도 떠올랐다.

장운은 잠이 오지 않았다. 사람들이 깨지 않게 살그머니 밖으로 나왔다. 연꽃 확이 있는 곳으로 갔다. 환한 달빛이 연꽃잎에 은은히 비치고 있었다. 장운은 낮에 다듬은 꽃잎을 손으로 오래오래 더듬었다. 돌의 까칠한 감촉이 상쾌했다.

"아니, 이게 뭐야?"

아침 설거지를 마치고 나서 일터로 간 장운은 그만 얼어붙고 말았다. 연꽃 확의 한 귀퉁이가 깨져 있었다. 어제 매끈하게 다듬었던 꽃잎 하나가 윗부분이 여지없이 떨어져 나간 것이다.

"으어억!"

장운은 비명을 지르며 주저앉았다. 주먹으로 바닥을 내리쳤다.

"왜 그래? 어디 아파?"

가까이 있던 갑출이 달려왔다. 장운은 말도 못하고 손가락으로 연꽃 확을 가리켰다. 손끝이 부들부들 떨렸다.

"엉? 저게 왜 저래? 어떻게 된 거야?"

판돌이 아저씨도 무슨 일인가 싶어 다가왔다.

"아니 장운아, 어쩌다 이런 실수를 한 거냐?"

"제, 제가 실수한 거 아니에요."

장운은 마구 도리질을 쳤다.

"실수가 아니면 어찌 된 거란 말이냐?"

"어제까지 멀쩡했는데 지금 보니……."

장운이 눈물을 왈칵 쏟았다.

"아니, 그럼 멀쩡했던 게 왜 이래? 누가 일부러 그랬을 리는 없잖아."

다른 석수들도 와서 보고는 혀를 찼다.

"다 되어 가는 판에 이게 무슨 일이냐?"

다들 한마디씩 하며 웅성웅성하는 속에 언제 왔는지 점밭 아저씨가 팔짱을 낀 채 입을 꾹 다물고 서 있었다. 장운은 호소하듯 점밭 아저씨의 얼굴을 올려다보았다. 그러나 점밭 아저씨는 고개를 돌렸다.

"다들 가서 일해. 장운이 일은 장운이가 알아서 할 거고."

점밭 아저씨는 한마디 내뱉고는 몸을 돌려 성큼성큼 걸어 갔다. 사람들도 엉거주춤하니 서로 바라보다가 슬금슬금 제

자리로 돌아갔다.

"점밭이 너무한 거 아냐? 어찌 된 일인지 알아볼 생각도 않고."

갑출이 흥분하다가 장운이 말이 없자 슬그머니 제자리로 돌아갔다.

점밭 아저씨가 그렇게 나오니 장운도 꽤 야속했다. 하지만 어떻게 더 할 수가 없었다. 장운은 맥이 빠져 숙소 쪽으로 발길을 옮겼다.

"자식, 제가 잘못해 놓고 그러는 거지, 뭐."

비아냥거리는 소리에 장운이 고개를 돌렸다. 상수가 몇몇 사람들하고 얘기를 하면서 장운을 힐긋 보았다. 장운이 주먹을 불끈 쥐었다. 상수가 피식 웃으며 목에 건 수건을 풀어 탈탈 털었다.

장운은 숙소에 들어와 엎어졌다.

'이럴 수는 없어. 정말 이럴 수는 없어. 내가 얼마나 공을 들였는데.'

억울해서 미칠 것 같았다.

'어쩔 것인가? 누가 일부러 그랬건 어쨌건 깨진 돌을 이제 어쩔 것인가?'

장운은 머리를 움켜잡고 몸을 웅크린 채 데굴데굴 굴렀다.

"으아아아!"

문득 위에서 굵은 목소리가 들렸다.

"누가 그랬는지 찾으려 하지 마라. 너를 해코지한 사람이 있다면 그것도 네 책임이다. 미움을 못 풀어 준 건 너일 테니까."

장운은 벌떡 일어났다. 점밭 아저씨는 벌써 돌아 나가고 있었다.

14. 물 한 되에 약초 반 냥

장운은 며칠째 일을 못했다. 깨진 돌확 앞에 한참 앉아 있다 가는 손도 못 대고 그냥 일어나서 다른 일을 거들곤 했다. 어떻게 해야 될지 도무지 대책이 서지 않았다.

돌이 여기저기 널브러진 작업장에서 장운이 판돌이 아저씨 일을 거들고 있는데, 사내 하나가 찾아왔다.

"네가 장운이냐?"

"예."

장운은 망치를 든 채 자리에서 일어났다.

"덕이 동생이지?"

장운은 화들짝 놀라 망치를 놓고 한 발짝 다가섰다.

"예, 그런데요?"

"옜다. 덕이가 하도 간곡하게 부탁해서 왔다."

사내가 접힌 종이쪽을 내밀었다. 장운이 덥석 받았다.

"누이가요? 누이는 별일 없지요?"

"별일이 좀 있지."

"예? 무슨……."

장운은 가슴이 쿵 내려앉았다.

"그 안에 써 있겠지."

장운은 후다닥 종이를 펴 보았다.

장우나 일 잘 ㅎ고 잇ᄂᆞᆫ다 집사 아자비 쥬신어룬 심브림
으로 한야애 가ᄂᆞ다 ㅎ기예 급급히 멋 ᄌᆞ 쓰노라 한 달
젼네 늙ᄉᆞ신 할마니미 주그시거다 할마니믄 유교로 그
가내 졍셩ᄃᆞ빙 슈발혼 나ᄅᆞᆯ 지브로 도ᄅᆞ 보내오라 ᄒᆞ더
시다 그리ᄒᆞᄉᆞ 사십구재 디내오 이달 스므나래 지브로
도라가리라 아바님씌ᄂᆞᆫ 봉구 아자비 펴늬 볼쎠 니르뒷
누니 마ᄉᆞ문 볼쎠 지븨 가아 잇ᄂᆞᆫ 둣도다 어셔 만나고져

(장운아, 일 잘하고 있지? 집사 아저씨가 주인어른 심부름으로 한양에
간다기에 급히 몇 자 적는다. 한 달 전에 노할머니가 돌아가셨다. 할머
니는 유언으로 그동안 정성스럽게 수발한 나를 집으로 돌려보내라 하

셨다. 그래서 사십구재 지내고 이달 스무날에 집으로 돌아간다. 아버지께는 봉구 아저씨 편에 벌써 일러두었다. 마음은 벌써 집에 가 있는 것 같다. 어서 만나고 싶구나.)

장운은 손이 다 떨릴 지경이었다. 날짜를 짚어 보았다. 보름 뒤였다. 장운이 고개를 드니 사내가 빙긋이 웃고 있었다.

"저, 정말입니까? 누이가 집으로……."

사내가 고개를 끄덕이며 장운의 어깨를 가볍게 토닥였다.

"네 누이가 참 애 많이 썼지. 그래서 아씨 마님도 기꺼이 돌려보내겠다 하셨다. 자, 나는 갈 길이 급해서 이만 간다."

"고맙습니다. 정말 고맙습니다."

장운은 뒤에다 대고 거푸 허리를 굽혀 절을 했다.

장운은 공사장 옆에 있는 숲으로 달려갔다. 편지를 큰 소리로 한 번 더 읽었다. 목에서 웃음인지 울음인지 걸걱걸걱 비어져 나왔다. 숲에는 매미가 요란하게 울고 있었다.

"매미야, 우리 누이가 돌아온단다! 우리 누이가 집으로 돌아온다고!"

장운은 손나발을 해서 매미보다 더 크게 소리를 질렀다. 석수들이 일손을 놓고 장운이 내지르는 소리를 들었다. 갑출이 눈을 껌벅껌벅하다가 주먹으로 눈두덩을 꾹꾹 눌렀다.

장운은 망치 든 손에 힘이 더해지는 걸 느꼈다. 땀이 비 오듯 흘러내렸지만 닦을 생각도 않고 돌만 깎아 댔다. 그날 일을 다 끝내고 장운은 돌확 앞에 가서 앉았다. 어떻게든 끝을 내야 할 일이었다. 내일부터는 깨진 건 놓아두고 나머지 꽃잎이라도 다듬어야겠다고 마음먹었다.

'하다 보면 좋은 생각이 떠오르겠지.'

갑출과 저녁 설거지를 끝내고 숙소에 들어오니 어른들은 주막거리에 나갔는지 방에 없었다. 장운은 노곤한 기운이 몰려와 벌렁 드러누웠다.

머잖아 이곳 일이 끝나면 세 식구가 오순도순 밥상 앞에 앉을 수 있을 것이다. 장운은 상상만으로도 가슴이 뛰었다.

"너 요즘 잠이 안 오지?"

갑출이 호롱불 심지를 돋우며 물었다. 손에는 제가 만든 종이 책을 꺼내 들고 있었다. 갑출은 요즘 글 읽고 쓰기에 부쩍 열심이었다.

"아버지랑 누이 생각하면 빨리 집에 가고 싶어. 근데 돌확 때문에 가슴이 답답해."

"그렇겠지. 어쩔 건데? 어쨌든 마무리는 해야 될 거 아냐?"

"글쎄, 아직은……. 어떻게 해야 될지 도무지 모르겠어."

장운은 벌떡 일어났다.

"나가서 하늘이라도 봐야겠어."

"네가 그러니까 나까지 마음이 요상하다."

갑출이 종이 책을 놓고 따라 일어나더니 호롱불을 껐다.

맑은 하늘이 청회색으로 천천히 어두워 가고 있었다. 둘은 일터를 돌아서 언덕배기를 향해 천천히 걸었다.

"돌확 때문에 속 많이 상했지?"

장운은 대답 없이 고개만 끄덕였다.

"아까 네가 그 앞에 한참 동안 앉아 있는 거 봤다. 누이도 돌아온다는데 기분 좋은 참에 마음 풀고 마무리 잘해 봐라."

"응, 그래야지."

갑출이 장운의 어깨에 팔을 둘렀다.

"점밭이 싹 입을 묶은 바람에 다들 암말도 못하고……. 그동안 딴 일만 죽어라고 하는 너를 보기가 참 편치 않더라."

"……."

"짐작이 가기는 하지만 내 참, 증거도 없고 설마 싶기도 하고……. 다 잊어버리자. 야, 그동안 그거 때문에 네 눈치 보느라 답답해 죽는 줄 알았다. 아이고, 이제 속이 좀 트이네."

장운이 쓴웃음을 지었다. 갑출이 손가락으로 위를 가리켰다.

"어? 벌써 별이 나왔네."

둘은 고개를 젖히고 하늘을 올려다보았다. 드문드문 나온 별이 깜빡깜빡 빛을 내고 있었다. 조금씩 기울어 가는 달이 환했다. 갑출이 풀밭에 벌렁 드러누웠다. 장운도 팔베개를 하고 옆에 누웠다. 풀벌레가 찌르르 찌르르 울었다.

'타닥타닥.'

"무슨 소리지?"

장운이 몸을 일으켜 고개를 돌렸다. 갑출도 일어나서 손을 귀에 대고 소리 나는 쪽으로 몸을 기울였다.

"일터 쪽인데? 돌 깨는 소리야."

타닥타닥, 돌 깨는 소리가 계속됐다.

"누가 달밤에 저 열심일까?"

"잠이 안 오는 게지, 뭐. 방해 말자."

둘은 도로 벌렁 누웠다. 얼마 지나지 않았을 때였다.

"아앗!"

비명 소리에 갑출이 재빨리 일어나더니 소리 나는 쪽으로 뛰었다. 장운도 따라 뛰었다. 어둑한 속에 누가 웅크리고 있었다. 달빛에 상수 얼굴이 보였다.

"상수 아냐? 뭐 해? 다쳤어?"

땅바닥에 망치와 정이 나뒹군 채 상수가 발목을 움켜잡고 있었다. 손가락 사이로 피가 배어 나왔다.

"저리 가!"

상수가 버럭 소리를 질렀다.

"어디 봐. 다친 것 같은데?"

"저리 가라니까!"

갑출이 상수 손을 억지로 잡아뗐다. 발목에서 피가 나고 있었다. 정이 돌에서 비끗하여 오른쪽 발목을 찍은 것 같았다. 장운이 얼른 옷고름을 잡아떼서 상처 위를 친친 감았다. 상수는 장운을 밀어내려 버둥거리다가 힘을 빼고는 가만히 있었다. 감은 옷고름 위로 금세 피가 배어 나왔다.

"방에 가자. 나한테 약이 있어."

갑출이 상수를 일으켜 어깨에 두르는 걸 보고 장운은 나는 듯이 숙소로 뛰었다. 방에 호롱불부터 켰다. 그러고는 보퉁이를 끌러 약주머니를 꺼냈다. 지혈에 쓰는 가루약을 찾고 약 쓰는 법을 읽었다. 난이는 다쳤을 때 어떻게 하면 되는지도 자세히 적어 놓았다.

갑출이 상수를 데리고 들어왔다. 장운은 옷고름 감은 것을 풀어낸 뒤 상처에 약 가루를 고루 뿌리고는 옷고름을 뒤집어 다시 꽁꽁 싸맸다. 상수는 아픈 걸 참느라 이마를 찡그린 채 말이 없었다. 장운이 종이를 읽으면서 다른 약봉지를 꺼냈다.

"오래 피가 안 통하면 안 되니까, 조금 이따 풀고 곪지 않게 하는 약을 붙여야 된다네."

상수가 종이를 흘금거렸다.

"약 쓰는 법 적어 놓은 거예요. 갑출이 성, 물 한 종지만 떠다 줘."

갑출이 얼른 뛰어가서 물을 떠 왔다. 장운은 물에 약초를 비벼 넣고 반죽했다. 상수가 약 쓰는 법이 적힌 종이를 슬쩍 넘겨다보았다. 장운이 종이를 내밀어 보여 주었다. 상수가 가만히 보았다.

"자, 피가 멎었을 거예요. 이제 반죽 붙입니다."

장운이 옷고름을 다시 풀어 내고 약초 반죽을 상처에 붙였다.

"큰일 날 뻔했잖아. 무슨 대단한 장인이 되겠다고 달밤에 그 짓이냐?"

갑출이 상수에게 퉁을 주었다.

"……."

상수는 이제 고분고분 다리를 내맡기고 있었다. 장운은 옷고름 하나를 마저 떼어 약초 반죽 위에 감았다.

"다친 데가 욱신거릴 테니까, 에, 이게 뭐지? 무슨 약초를 따뜻한 물에 우려서 사흘 동안 마시라는데?"

갑출이 심각한 표정으로 종이를 읽고는 약초 주머니를 이리저리 살폈다.

"의원 났네. 잘 찾아봐, 성."

장운이 일부러 장난스럽게 말했다.

"아, 이거네. 누군지 야무지게도 적어 놨다."

갑출이 약초 봉지 하나를 꺼내 달랑달랑 흔들었다.

"물 한 되에 약초 반 냥을 넣어……. 내가 하는 김에 의원 노릇 확실히 한다."

갑출이 약봉지를 들고 나갔다.

상수가 누그러진 목소리로 입을 열었다.

"고맙다, 장똘아."

"성, 내 이름, 아니 별명 알고 있네요."

상수가 겸연쩍게 웃었다.

"초정에서부터 네가 점밭 아저씨 눈에 든 게 심술이 났다."

"아니에요. 나 때문에 성이 잔일거리가 많았잖아요. 늘 미안했어요."

"저거 좀 보여 줄래?"

상수가 종이 책을 가리켰다. 장운이 옆에 놓인 종이 책을 펴서 보여 주었다.

"이 책 덕분에 공부가 많이 됐어요. 배운 걸 적어 두었다가 틈틈이 공부했거든요."

상수가 책장을 천천히 넘겨 보았다.

"네가 갑출이하고 읽는 걸 많이 봤어."

그러더니 상수가 굳은 표정으로 장운을 바라보았다.

"네 연꽃 확은……."

"첫 작품치곤 꽤 괜찮지요?"

장운이 얼른 말을 받으며 약봉지들을 주섬주섬 챙겼다. 갑출이 사발을 들고 들어왔다.

"자, 마셔라. 우선 급하게 우린 거다."

갑출이 사발을 상수에게 내밀었다.

"그, 그래."

상수가 머쓱하게 사발을 받았다.

15. 초정리 편지

장운은 연꽃 확 다듬기를 다시 시작했다. 깨진 부분을 보니 새삼 속이 쓰렸다.

'좋은 생각이 떠오를 거야.'

장운은 자신에게 몇 번이고 말했다. 깨진 곳을 애써 외면하고 나머지 꽃잎을 공들여 다듬었다.

새참을 먹고 나서 석수들은 저마다 편한 대로 앉아 쉬었다. 늘 하던 대로 장운이 막대기로 흙바닥에 글자를 썼고 몇몇 사람이 그걸 읽었다. 어떤 이들은 꼬챙이로 부지런히 따라 썼다. 얼마 전부터는 목재 다루는 곳에서 젊은이 몇이 글자를 배우러 찾아왔다.

갑자기 절 마당이 소란스러웠다. 감독관들이 짤막한 막대기를 내저으며 왔다 갔다 했다.

"무슨 일이지?"

점밭 아저씨가 황급히 뛰어오는 게 보였다.

"갑자기 임금님께서 절 공사 상황을 둘러보러 오셨다고 한다. 자, 모두 제자리로 가서 일을 하도록!"

"임금님께서요?"

다들 벌떡 일어났다. 갑출이 눈을 커다랗게 뜨고 고개를 쑥 내밀었다. 장운도 가슴이 뛰었다.

"우리 석수들은 평소대로 저마다 맡은 일을 열심히 하고 있으면 될 것이다."

점밭 아저씨도 흥분한 듯 얼굴이 상기되었지만 애써 석수들을 진정시켰다. 모두 제자리로 갔다. 하지만 다들 임금님을 뵐 수 있다는 생각에 들떠서 일을 시작하지 못했다. 장운도 망치를 들고만 있었다.

얼마 뒤, 절 모퉁이에서 행렬이 나타났다. 붉은 옷차림을 한 사람 옆에 큰 양산을 든 사람이 있고, 그 뒤로 여러 사람이 죽 늘어서 따라왔다. 장운은 일하는 척하면서 슬쩍슬쩍 보았다.

행렬이 다가오자 석수들은 모두 연장을 놓고 땅에 엎드렸다. 장운은 고개를 들어 임금님을 보고 싶은 마음이 굴뚝같았다. 쉽고 편리한 글자를 만들어 놓고도 신하들 반대에 몹시 외로울 임금님이 어떤 분인지 한 번이라도 보고 싶었다. 그러나 옆을 보니 다들 아예 머리를 땅에 박고 있어서 혼자만 감히 고개를 들 수가 없었다.

한참 있어도 행렬이 지나가는 기미가 없었다. 수런수런 말소리가 들려왔다.

"여기 바닥에 글을 쓴 자가 누구냐?"

그 소리에 다들 고개를 조금 들다가 도로 숙였다. 점밭 아저씨가 얼른 일어나 행렬이 멈춘 곳으로 뛰어갔다. 곧 다시 돌아와 황급히 장운을 불렀다. 장운은 영문도 모른 채 가슴을 떨며 따라갔다. 점밭 아저씨를 따라 바닥에 엎드렸다.

"네가 저 글을 썼느냐?"

녹색 관복을 입은 어른이 손가락으로 흙바닥을 가리켰다. 장운이 고개를 조금 들고 손가락이 가리킨 곳을 보았다. 조금 전에 장운이 커다랗게 쓴 글자가 그대로 있었다.

하눌ㅎ ᄯᅡㅎ 사ᄅᆞᆷ 녀름 구룸

(하늘 땅 사람 여름 구름)

"예? 예."

"이것도 네 것이냐?"

녹색 관복을 입은 어른이 종이 책을 내밀었다. 장운이 급히 제자리로 가다가 떨어뜨린 모양이었다.

"예."

녹색 관복 어른이 옆으로 물러났다. 화려한 검은 비단신이 장운의 눈에 들어왔다.

"네가 저 글자를 어떻게 아느냐?"

"저, 전에 어떤 할아버지한테서 배웠습니다."

"어떤 사람이더냐?"

"인자하시고 품위 있으시고…… 그, 근심이 많은 분이셨습니다."

"그래, 네가 그 근심을 덜어 주었느냐?"

"예에?"

근심을 덜어……. 장운은 무엇이 머리를 탁 치는 것 같았다. 자기도 모르게 고개를 들었다.

"하, 할아버지!"

토끼 눈 할아버지였다. 장운은 정신이 아뜩했다. 붉은 바탕에 금빛 수가 화려한 옷을 입고 서 있는 분은 분명 토끼 눈 할아버지였다. 장운은 온몸이 굳어 버리는 것 같았다. 그러다 퍼뜩 정신이 들어 머리를 조아렸다.

"허허허, 일어나려무나."

"예? 예."

장운은 일어나 허리를 굽혔다.

"걸어오는 너를 보고 알았느니라. 장운아, 그새 많이 컸구나. 그런데 네가 어떻게 여기에 있는고?"

"서, 석수들을 따라와서 돌을 깨고 있습니다."

"그래, 네 아비가 석수라 했지. 아비가 아프다고 했는데 요즘은 어떠하냐?"

"예, 전보다 많이 낫습니다."

할아버지가 고개를 끄덕였다.

"이 종이 책이 네 것이란 말이지?"

"예, 배운 것을 이, 잊지 않으려고 적어 두었습니다."

할아버지는 고개를 끄덕이며 종이 책을 천천히 뒤적였다. 종이 책에서 뭔가 툭 떨어졌다. 편지 두 통이었다. 장운이 얼른 주웠다. 할아버지가 손을 내밀자 장운이 떨리는 손으로 조심스레 건넸다.

"무엇인고?"

"누이가 쓴 편지입니다. 그리고 하나는……."

할아버지가 펴서 읽었다. 그러고는 눈을 크게 뜨고 장운을 보았다.

"이, 이게……."

"빚 때문에 누이가 어떤 집에 종살이를 하러 갔습니다. 그동안 누이와 편지로 소식을 주고받았습니다."

"편지를? 새 글자로 편지를 주고받았단 말이지? 그랬구나. 그래, 그동안 누이 때문에 애가 많이 탔겠구나."

할아버지가 고개를 끄덕이고는 편지 하나를 더 읽었다.

장우나 내 이제 몯 오리라 그 가내 네 써다 쥰 믈 이대 마시더니라 네 더게 아조 즐겁과라 훗나래 쏙 다시곰 만나고라 그 쎄ㅅ갸장 아븨 이대 뫼시고 싁싀기 사라라 글즈도 닛디 말오 유익하긔 쓰라 뽈 ᄒᆞ 가매 오거든 내 하ᄂᆞᆯ 심브림 ᄒᆞᆫ 줄 알오

(장운아, 내가 이제 못 오겠구나. 그동안 네가 떠다 준 물 잘 마셨다. 네 덕에 아주 즐거웠느니라. 훗날에 꼭 다시 만나자. 그때까지 아버지 잘 모시고 씩씩하게 살아라. 글자도 잊지 말고 유익하게 쓰려무나. 쌀 한 가마 오거든 내가 하늘 심부름 한 줄 알고.)

"이런, 이런. 이건 내가 초정에서 쓴 편지 아니냐?"

"예, 가지고 있으면 꼭 다시 만날 것 같아서……."

장운은 기어이 울먹였다. 할아버지가 장운의 머리를 쓰다

들었다.

"저는 할아버지가 꼭 약속을 지키실 줄 알았습니다."

장운이 눈물 꼬리를 매달고 웃었다.

"허허허, 다시 만나서 나도 정말 기쁘구나."

장운이 활짝 웃었다. 할아버지도 환하게 웃었다.

"저기 바닥에 쓴 글자는 웬 거냐?"

"예, 쉬는 시간에 석수들한테 글자를 가르쳐 주었습니다."

"네가 훈장 노릇을 한단 말이지? 어허허허, 네가 그때 그 쌀
값을 톡톡히 하는구나."

토끼 눈 할아버지가 호탕하게 웃었다. 전에 산속에서 듣던
바로 그 웃음소리였다. 장운은 긴장이 좀 풀렸다. 소리 내어
따라 웃었다.

"새 글자가 알려지고 나서 할아버지가 누구신지 늘 궁금했
습니다."

할아버지 옆에 서 있는 사람이 장운을 보고 빙긋이 웃었다.
전에 정자에서 본 선비였다. 장운은 놀라서 허리를 굽혀 절을
했다.

"허허허, 그래, 이제 알겠느냐?"

"예, 할아버지."

선비가 한 발짝 다가오더니 장운에게 일렀다.

"전하라고 하여라."

"전……하."

장운은 안 쓰던 말을 해 놓고 보니 혀가 좀 이상한 것 같았다.

"허허, 아니다. 그냥 할아버지라고 하여라. 그래, 여기서는 무엇을 하느냐?"

"예, 연꽃 확을 파고 있습니다."

"어디, 보여 주겠느냐?"

"예, 할아버지. 아니, 전하."

점밭 아저씨의 안내로 행렬이 연꽃 확이 있는 곳으로 옮겨 갔다. 장운은 깨진 부분을 보며 다시 속이 상했다. 어떻게 손봐야 할지 아직 좋은 생각이 떠오르지 않고 있었다. 저것만 아니면 할아버지에게 자랑할 만도 한데, 아쉬웠다. 할아버지가 연꽃 확을 손으로 더듬었다.

장운이 설명을 했다.

"이 안에 물을 담으려 합니다."

"호오, 대단하구나. 꽃잎을 어떻게 다듬었느냐?"

"돌을 깨어 내면 안에 든 꽃잎이 눈을 뜨고 피어납니다."

"안에 든 꽃잎이 눈을 뜬다고? 돌을 깨어 내면?"

"예."

할아버지는 고개를 끄덕이며 한참 생각에 잠기는 듯했다. 할아버지가 장운이 쪽으로 허리를 굽히더니 목소리를 낮췄다.

"장운아, 그러고 보니 나도 돌을 깨어 내고 있구나."

장운은 할아버지 얼굴을 빤히 보았다. 할아버지가 웃음을 지으며 고개를 끄덕였다.

"여기는 물이 흘러나가는 자리가 되겠구나."

할아버지가 깨진 부분을 만졌다.

"예? 아, 예."

장운은 머리를 한 대 맞은 듯했다. 막힌 가슴이 팍 터지는 것 같았다.

'물이 흘러나가는 자리……. 그렇구나.'

"장운아, 훌륭한 석수가 되어서 꼭 나를 찾아오너라."

"예, 할아버지."

할아버지가 장운의 머리를 쓰다듬고는 목소리를 낮추어 말했다.

"네가 이번에도 내 근심을 많이 덜어 주었구나."

"할아버지께서도 제 근심을 크게 덜어 주셨습니다."

"그러냐? 허허허."

장운도 마주 웃었다. 이전의 할아버지 같아서 다시 한번 가슴이 찌르르했다.

행렬이 움직였다. 장운은 오랫동안 허리를 굽혀 배웅했다.

허리를 드니 마치 한바탕 꿈을 꾼 것 같았다.

엎드려 있던 석수들이 일어났다.

"장운아, 서, 설마, 임금님이 너한테 글자를?"

점밭 아저씨가 입을 다물지 못했다.

"그……."

장운은 대답하려고 해도 마음뿐, 말이 되어 나오지 않았다.

"인마, 정신 차려."

갑출이 장운의 어깨를 탁 쳤다.

"그게…… 그런가 봅니다."

석수들은 모두 할 말을 잃고 장운을 바라보았다.

"와, 장똘아, 무슨 이런 일이 다 있냐? 네가 임금님의 직속 제자다, 이 말이냐? 나는 그 밑에 제자고?"

갑출이 정신없이 왔다 갔다 하며 떠들었다. 장운은 흥분된 가슴을 누르며 정을 찾아 들고 연꽃 확 앞에 앉았다. 도무지 진정이 되지 않았다. 그날 저녁, 일꾼들 모두 임금이 내린 술과 떡을 실컷 먹고 마실 때에도 장운은 전혀 먹을 것이 당기지 않았다.

며칠 동안 장운은 연꽃 확의 깨진 부분에다 연꽃잎이 살짝 젖혀진 모양을 다듬었다. 물이 흘러내릴 길이 고운 모습을 드러냈다. 장운은 숨을 크게 들이쉬며 아주 기분 좋게 웃었다.

몸을 풀 겸 윗몸을 옆으로 휙 돌렸다. 점밭 아저씨가 두어 발짝 뒤에서 팔짱을 낀 채 빙긋이 웃고 있었다.

드디어 연꽃 확이 완성되었다. 여름 내내 보아 온 거지만 정을 내려놓고 몇 걸음 물러서서 보는 연꽃 확은 완전히 다른 느낌이었다. 돌 같지 않은, 연하디연한 꽃잎이었다. 장운은 가슴이 뛰었다. 코끝이 찡했다.

갑출이 옆으로 와서 장운의 어깨를 토닥였다.

"장똘아, 인마. 완성했구나."

사람들이 하나 둘 모여들었다.

"이제 막 핀 것 같네. 물길까지 터서, 흠 없이 다듬었구나."

"고맙습니다. 아저씨들 덕분입니다."

장운은 고개 숙여 인사했다.

"하이고, 우리 훈장이 예의까지 바르다니까."

상수가 뒤에서 고개를 끄덕이며 웃어 주었다. 장운도 마주 웃었다.

"뭐 해? 끝났으면 어서 저쪽 일 거들어야지."

점밭 아저씨가 지나는 길에 보고 짧게 한마디 던지고는 그대로 가 버렸다.

"으이그, 어째 저리 인색할꼬?"

갑출이 고개를 절레절레 흔들었다.

장운은 사람들과 함께 절 옆으로 연꽃 확을 옮겨 놓았다. 뒷숲에 흐르는 개울물을 잡아 연꽃 확으로 이었다. 맑은 물이, 굵은 대나무를 반으로 갈라 만든 물길을 따라 연꽃 확으로 떨어졌다. 바닥에는 확에서 흘러나온 물이 물줄기를 이루도록 개울을 팠다.

물이 들어와 평퍼짐한 연꽃 속에서 찰랑였다. 마치 온 세상을 연꽃이 감싸고 있는 듯했다. 살짝 아래로 처진 꽃잎 하나가 물길을 터 주었다. 맑은 물이 연꽃에 감싸였다가 다시 흘러내렸다.

아래로 죽 이어지는 물줄기가 작은 강 같았다.

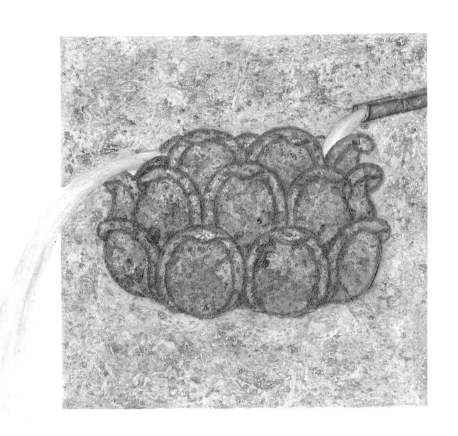

흔가지라 소리를 어

두 와, 와ㅣ 와 ... 왜

● 뭔 입시울쏘아 ... 에서

쓴 외ㅅ니라ㄹ ... 반

뎌하나눈 소리 ... ㅌ니라

즁처섭 편하나눈 소리 ...

누와 우와ㅣ 와 ... 왜

몸 ... 어으와

혀 ... 령ㅇ

스눈 ...

어린이 친구들과 처음 만나면서……

초등학생 때였지요. 어느 날 우리 집에 동화책 한 질이 배달되었어요. 아버지가 할부로 구입하신 동화 전집이었지요. 아마 육십 권쯤 되었을 거예요.

나는 환호성을 지르며 방 한가운데 책을 쌓아 놓고 읽었어요. 어찌나 재미있던지 저녁밥도 먹는 둥 마는 둥 읽어 댔지요.

며칠 만에 다 읽었더니 아버지 눈이 동그래지셨어요. '그때 아버지는 돈 쓴 보람이 있다고 나를 기특해하셨을까, 아니면 책값은 몇 달 동안 더 갚아야 되는데 벌써 다 읽어 버렸으니 허망해하셨을까?' 물론 이건 그 뒤에 생각한 거고 그때는 그저 다 읽어 버린 게 너무 아쉬워서 다시 읽기 시작했어요. 동무들과 보자기 두르고 동화책 내용대로 연극을 하기도 했죠. 내가 대본을 써서요.

세월이 많이 흘러 내가 아이들을 위해 동화책을 고르게 되었어요. 책이 흔해져서 아이들은 옛날의 나처럼 환호성을 지르지는 않았어요. 그런데 어른이 된 내가 동화책을 읽으면서 그 환호성 속으로 빠져들었지 뭐예요?

그 옛날 방 한가운데 쌓여 있던 책들이 내 안에 이야기의 씨앗으로 살아 있었나 봐요. 책을 읽거나 여행을 다니면서 보고 듣는 것마다 그 안에 숨어 있던 이야기들이 들려와 가슴을 뛰게 하는 거예요.

그 이야기들을 여러분과 나누고 싶었어요. 그래서 생각지도 않게 책을 쓰는 행복도 누리게 되었답니다.

이 책도 세종 대왕이 시집간 딸에게 한글을 시험해 보았다는 이야기를 듣고 '그렇다면 백성 중 누군가에게도 시험해 보고 한글에 대해 자신감을 얻었을 것이다.' 하는 생각이 들어서 쓰게 됐어요. 그러니까 역사적 사실을 바탕으로 해서 어쩌면 있었을 것 같은 장운이 이야기를 만들어서 쓴 거지요.

동화를 쓰게 되면서 더 행복한 건요, 읽고 싶고 공부하고 싶은 게 자꾸 생겨서 설렌다는 거예요. 이 책 쓸 때도 역사 공부 많이 했는데, 지금은 더 하고 싶어졌어요. 그리고 어린이들과 이 세상에 있는 모든 것이 자꾸 좋아져요. 아마 나는 할머니가 되어도 설레면서 살 것 같아요.

지금 내 가슴에는 어린이 친구들과 나누고 싶은 이야기가 아주 많아요. 하나씩 천천히 풀어 나갈 거예요. 그러면 다음에 다른 이야기로 또 만날 수 있겠죠?

두 번이나 현장 답사를 하면서 애써 주신 화가 홍선주 씨와 15세기 한글 표기에 도움을 주신 강원대학교 국어국문학과 손주일 교수님, 그리고 창비 식구들에게 정말 감사드려요.

바다가 넘실대는 부산 광안리에서

2006년 9월

배유안

창비아동문고 229

초정리 편지

2006년 9월 28일 초판 1쇄 발행
2025년 2월 14일 초판 72쇄 발행

지은이   • 배유안
그린이   • 홍선주

펴낸이   • 염종선
책임편집   • 최도연
디자인   • 신수경
펴낸곳   • (주)창비
등록   • 1986. 8. 5. 제85호
제조국   • 대한민국
주소   • 10881 경기도 파주시 회동길 184
전화   • 031-955-3333
팩스   • 031-955-3399(영업) 031-955-3400(편집)
홈페이지   • www.changbikids.com
전자우편   • enfant@changbi.com